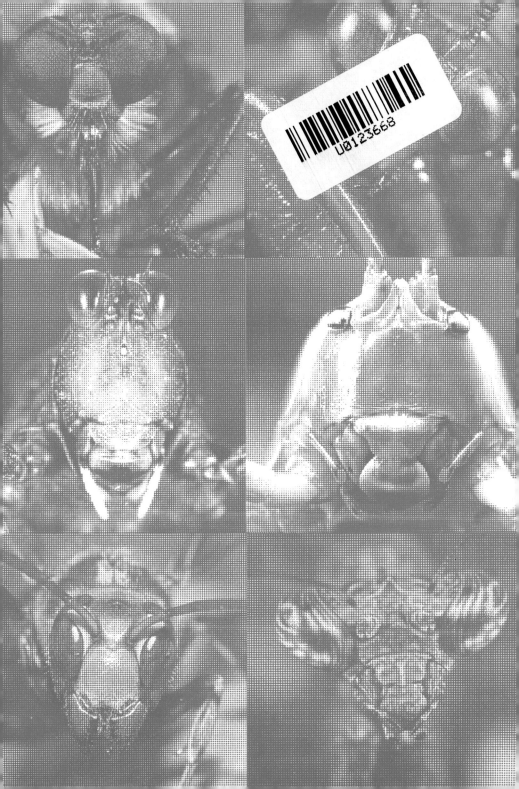

昆蟲
臉書
the face book
of insects in taiwan

黃仕傑◎著

the face book
of insects in taiwan
CONTENTS

本書為讓讀者更瞭解昆蟲的實際尺寸
小於2cm的昆蟲在臉譜右下方皆有
實際尺寸標示，以供辨識。

SCALE 1:1
超小蟲
實際尺寸

值得品味的昆蟲入門。

昆蟲種類繁多，數量更是驚人，不管你願意不願意，幾乎每天都會跟昆蟲發生關係。例如，睡覺時蚊子會找上門來；外出時，可以看到蒼蠅或蝴蝶漫天飛舞；吃飯時，一不小心，可能蔬菜內就會夾帶著昆蟲屍體。因為昆蟲跟人類關係那麼的密切，所以研究昆蟲漸漸變成一門顯學。

研究昆蟲的人，大概可以分二大類，一類是學院派昆蟲學者，一類是業餘的昆蟲學家。前者，如鼎鼎大名美國的E. O. Wilson，或台灣的朱耀沂；後者，則首推法國的法布爾或台灣的余清金。他們雖然活躍在不同的領域，對昆蟲學研究的貢獻並無二致。E. O. Wilson是哈佛大學的教授，專門研究螞蟻，更是生物多樣性領域的宗師。朱耀沂則為台灣大學教授，著作等身，退休後更戮力於昆蟲科普書籍撰寫。法布爾雖是高中數學教師，但他出版的昆蟲記，被翻譯成很多國語言，影響深遠。余清金早期以販賣昆蟲標本為生，但他創立木生昆蟲館，是國內唯一一座私立昆蟲博物館，對昆蟲的推廣無遠弗屆。

黃仕傑先生是一位業餘昆蟲學家，他的本業是精品買賣，但是花他最多時間，投注最多心力的，卻是在昆蟲的研究上。第一次看他送來的草稿，我驚訝的發現，他拍了很多不凡的昆蟲照片，有些昆蟲還是我第一次看到。更難能可貴的，是他花很多時間和心思，為每一種昆蟲鑑定，還標示學名。這對一個學院派的昆蟲學家來說，都很困難的事，卻由一位業餘昆蟲學家來完成，誠屬難得。

細讀他的文章，發現他幾乎是用遊記的方式來寫這本書。文筆流暢自不在話下，內容包羅萬象，舉凡昆蟲生態、昆蟲分類、昆蟲形態、經濟昆蟲等知識，都在他行雲流水式的文章中躍然紙上。這是我看過眾多業餘昆蟲學家出版書中，少數具有深度、廣度及可讀性的一本。

這本書，對於一個初學昆蟲的人，無疑是一本很好的入門書，因為在書中，你可以看到作者成長的過程及對昆蟲的熱愛。對於學過昆蟲的人，也是一本值得細細品味的好書，因為他拍到了很多難得的昆蟲生態照片，書中更有很多他個人第一手的生態觀察心得。

綜覽本書，分為八大章節，從章節名稱讀起，就有讓人耳目一新的脫俗感覺。他突破傳統昆蟲學教科書中，平淡的文字與呆板的陳述，他用生動、活潑、易懂的文字，深深抓住讀者的眼光。看完本書，你一定會和我一樣，內心充滿歡喜。除了欣賞漂亮的昆蟲寫真照，更可以深入作者內心世界，和他一起分享自然生態觀察的喜悅及萬紫千紅的昆蟲世界。

國立台灣大學昆蟲學系系主任
暨台灣昆蟲學會理事長

【作者序】用心紀錄昆蟲之美。

剛從金門退伍後的日子可以說是非常精彩，因為想要快速累積「第一桶金」，不顧家人的關心苦勸，開始一天兼三份工作的日子。早上在豬肉攤送貨，下午在台北縣跑路邊攤賣鞋，晚上在電動玩具店顧大夜班。因為休息的時間被切割成數段，睡眠嚴重不足的同時，我還想要帶女友出去看電影，陪朋友們唱歌跳舞…。半年後一個周末的早上，我依稀記得下午與女友要去忠孝東路逛街，但是在精神恍惚的狀態下，不慎將右手放到正在絞豬皮的絞肉機裡…。很幸運，我的右手掌還在，雖然五根手指頭只剩下一根小指還算完整。

後來回到昆蟲的世界中，初期就是喜歡抓蟲養蟲，尤其對於獨角仙與鍬形蟲特別有興趣。一段時間後認識更多在昆蟲領域的朋友，大家也常分享各種資訊，並且一起到台灣各地的山區探尋昆蟲的芳蹤。在廖智安大哥的介紹下認識一位改變我玩蟲人生的林春吉大哥。還記得當時他送我一本他的著作『幻蝶』，他告訴我，他以前喜愛收集蝴蝶標本，現在轉變成用攝影的方式記錄蝴蝶美麗的身影。我翻看這本書的同時也回味他說的話，雖然當時沒有太深的感觸，卻也在我心中埋下了一顆即將發芽的種子。

隔年夏季我一如往常在山區活動，來到熟悉的地方找一棵樹幹枝葉間總是爬滿了各種鍬形蟲、金龜子、蝶類的大樹，但是赫然發現它被砍掉了！以前常常想要幫上面的昆蟲拍照作紀錄，卻總是認為沒關係，不急，反正樹還在，先抓再說。當時我的心中充滿了難過與懊悔。因為這個刺激讓我下山後立刻買了相機，希望再也不會有這種遺憾。

開始攝影的我由鏡頭中發現各種昆蟲都有牠獨特的魅力，尤其是使用微距鏡頭時，才發現每一種昆蟲都有豐富的表情與肢體動作，更讓我覺得微距攝影除了充滿挑戰外，還常常有不同的驚喜。所以不自覺的就想帶著相機往山上跑，也因此家中的攝影器材不斷的增加。

在因緣際會之下，由生態攝影同好、生態藝術作家黃一峰引薦下，認識了大樹文化總編輯張蕙芬女士，在張總編輯的提攜下決定出版這本『昆蟲臉書』。非常感謝張總編輯給我這個機會，讓我能將各種昆蟲豐富的表情呈現在讀者面前。

此外，非常感謝國立台灣大學昆蟲學系石正人教授，在教務繁忙之餘特別撥冗作序。希望本書能帶領大家以不同的角度欣賞昆蟲之美，並時時關心我們居住的地球。

帶著吸管的
刺客列傳

Assas

吸管與人類的生活密不可分。
念小學時學校附近常有貨車販賣調味汽水，
看著老闆將蘇打水與各種口味的香料在透明塑膠袋中調好後，
再插上一根吸管，就可以與一票同學將好喝的汽水由袋中吸到嘴裡，
那種暢快的感覺一直沒有忘記過。

成年後與朋友聚餐或是逛街看電影時，
買飲料也不忘拿根吸管，貼心地幫女士打開瓶蓋並將吸管放入，
讓她們以優雅的姿態喝著果汁。
照顧家中的長者吃藥、小朋友上學的水壺、便利商店的利樂包…，
樣樣都與吸管有關。

但是吸管與昆蟲有什麼關係？
昆蟲也會拿吸管喝飲料嗎？或是牠們的外形長得像吸管？

仔細觀察昆蟲後發現，目前已知的昆蟲種類中有一個大家族，
牠們進食的方式與我們使用吸管喝飲料的方式雷同。
簡單來說，就是牠們的「嘴」已經特化成「吸管」狀，
我們稱這「吸管」為「刺吸式口器」。
雖然使用吸管喝飲料是蠻優雅的，但是在昆蟲界可不是這麼一回事。
我們可以將使用「吸管」的昆蟲分成兩大類：素食與肉食。
素食的昆蟲使用吸管時，只要選對了「食物提供者」的植物，
通常將「吸管」刺入樹皮或嫩莖中，就可以吸取到最甜美的汁液。
但是使用「吸管」的肉食性昆蟲都是可怕的獵食者，
有的種類會將牠的「吸管」當成是捕捉獵物的工具，
有的則是藉由「吸管」將「消化液」注入獵物體內，
等消化液將獵物的器官溶解成「營養液」後，再吸回體內。
這樣聽起來您有沒有發覺這兩大類雖然都是昆蟲，
但是牠們在因應食性不同的生態下，
也各自發展出各種不同的「面」相，

就讓我們來了解一下昆蟲界的「刺客列傳」吧。

the face book
of insects in taiwan

分類：雙翅目食蟲虻科
中文名：大琉璃食蟲虻
生態環境：中低海拔山區
體長：3~4 cm
口器：刺吸式口器
食性：肉食

大琉璃食蟲虻

Microstylum oberthiiri

帶著墨鏡的大流氓——

頂著夏天強烈的陽光，我為了要找尋特別的鍬形蟲，所以一個人在竹東的山區活動。來到熟悉的林道路口，將車靠邊停好後，撥開比人還高的芒草，低身走進這荒廢已久的獵徑，遠遠的就看見幾棵殼斗科的大樹聳立在懸崖邊。我邊走邊觀察樹上的情況，只見許多的蛺蝶、金龜子、蜂類來來去去，表示樹幹上有很多昆蟲在覓食，正還在遐想之際，冷不防地被一個疾飛而過的黑影子嚇到，顧不得滿樹的昆蟲就在眼前，我馬上轉過身朝那黑影追去。只見那黑影就停在芒草上，好像與一隻金龜子抱在一起。我走近仔細一看！那金龜子根本就不是抱在一起，而是被獵食了！我由側面還可以看到那黑影的口器，就這樣插進金龜子的身體。當場我就愣住了，直到那黑影進食完後，被吸乾的金龜子掉到地上，我才驚醒的想著，好可怕的一種昆蟲啊！自此之後，每次到山區我就會特別注意牠 ── 「大琉璃食蟲虻」。

大琉璃食蟲虻是台灣目前已知的食蟲虻當中體型最大的，個性兇猛、飛行速度極快，常常一晃眼就不見了，但是又突然在原地出現，通常口中已多了一隻昆蟲，牠的口器又粗又長，就好像鋼釘一樣。我曾看過牠獵捕的昆蟲種類非常多，一般的蛾類、蠅類、蜂類甚至是甲蟲類，通通來者不拒，胃口好得很！

其實大琉璃食蟲虻的外形很有特色，由頭部開始觀察，牠的正面有兩個黑色的大複眼，複眼下還有濃密的金黃色絨毛，看起來就像是有著大鬍子，又帶著時尚墨鏡的老大。再看牠的身體上長滿了又黑又長的體毛，翅膀上閃爍著藍綠色的金屬光澤，感覺就像是披風一樣。還有牠的獵食特性，完全不給其他昆蟲有任何機會，直覺就是非常兇猛。因此，我與朋友都開玩笑地暱稱牠是「大流氓」。

台灣目前已知有超過百種以上的食蟲虻，但是捕捉與進食的方式是相同的。

這隻食蟲虻捕捉的是鞘翅目的叩頭蟲，牠的口器正插入叩頭蟲的體內，吸食鮮美的午後點心。

牠的側面可以明顯看出「刺吸式口器」的尖銳，搭配巨大的複眼，由此可見牠天生就是「刺客」。

Assassin

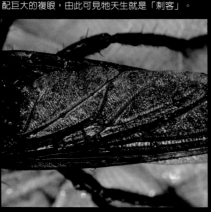

翅膀上可以反射出琉璃般的金屬光澤，這也是牠中文名稱「大琉璃食蟲虻」的由來。

這種食蟲虻的體型與大琉璃食蟲虻比起來雖然很小，但是牠的臉部一樣充滿張力，帶著兇惡的表情

非常小型的食蟲虻，體型不超過5mm，但是那捕食的狠勁完全不遜於牠的老大哥。

同樣是雙翅目的蠅類，反應敏捷，飛行速度也夠快，但是同樣難逃大琉璃食蟲虻的獵殺。

分類：半翅目獵椿科
中文名：齒緣刺獵椿
生態環境：低海拔山區
體長：1.3~2 cm
口器：刺吸式口器
食性：肉食

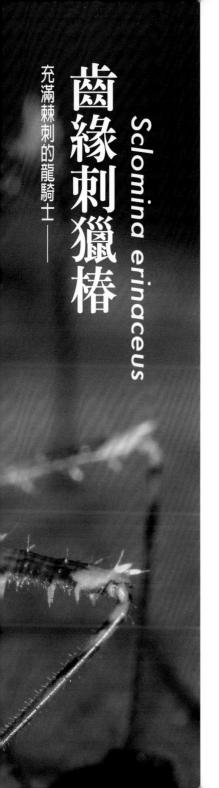

充滿棘刺的龍騎士——

齒緣刺獵椿

Sclomina erinaceus

小時候我最喜愛的神話動物就是龍，會提到「龍」是因為這裡要介紹的昆蟲，真的長得很像龍一樣。

其實齒緣刺獵椿還算常見，常常會出現在山區道路旁的植物葉面上，只因為不是什麼珍貴稀有的昆蟲，所以我真的很少去注意牠。直到有一次，我買了一顆新的超微距鏡頭，想要好好體驗一下這顆鏡頭的能耐，找了許多昆蟲來拍攝，效果都不錯，但是讓我真正感到震撼的就是拍齒緣刺獵椿的時候。

拍完藤蔓植物上的角蟬後，正在檢視照片的我，眼睛餘光看到牠停在蕨類的綠葉上，而旁邊有一隻尺蠖蛾的幼蟲，正慢慢地爬過來。我盯著那隻刺獵椿，想看看牠捕食的動作。只見那隻「大餐」使用特殊的姿勢繼續爬行，完全不知到前面有著致命的危機。當「大餐」與刺獵椿的距離只剩約0.5公分時，刺獵椿開始緩慢地轉移身體。突然間頭頭往前一伸，不對！應該是說，牠那又長又尖的口器往前一伸，一瞬間，尺蠖蛾的幼蟲就「掛」在牠的口器上了。我趁這個好機會，慢慢的靠近牠，一方面體驗鏡頭微距的攝影功力，一方面也藉由透過鏡頭來觀察。後來發現，刺椿的刺吸式口器是兩段式的，攻擊時會使用整個口器去叮獵物；開始吸食體液的時候，則是由裡面的那一截負責。牠在進食的時候，會反覆將口器拔出，再換位置吸食。看這樣子牠不把這頓大餐吸乾是不會罷手的。細看牠的模樣，全身上下長滿棘刺，尤其是頭部，頭頂上長滿對稱的角，還有細長的觸角，左右兩側的複眼，加上由複眼下端延伸出去的口器，您說像不像傳說中的龍呢？

Assassin

臉部側面的特寫可以看到滿臉都是棘刺，並有分布零星的體毛，複眼後面黑色小圓點就是牠的單眼。

若蟲外表形態與成蟲一樣充滿棘刺，牠那鮮綠體色讓牠與棲息的環境融合在一起。

很少有機會看到牠獵食螽蟴、蝗蟲這一類的昆蟲，我想應該是螽蟴與蝗蟲的動作都比牠快吧。

正在捕食葉蟬的牠，由背後可以看到牠的腹部邊緣為鋸齒狀，不難看出中文名稱「齒緣」的由來。

親眼看著這隻黑褐色的尺蠖蛾幼蟲，被牠以迅雷不及掩耳的速度捕食，快、狠、準的手法，實在讓人佩服。

遭到捕食的蛾類幼蟲比牠的體型還大，其兇悍可見一斑。在生物界中「弱肉強食」的定律是不變的。

沒想到椿象也會團體行動，在蘭嶼的林道邊看到一群椿象的若蟲正在圍攻蛾類的幼蟲。（圖為素木氏黑厲椿）

分類：半翅目蠍椿科
中文名：紅娘華
生態環境：低海拔溪流水塘
體長：4.5~5.5 cm
口器：刺吸式口器
食性：肉食

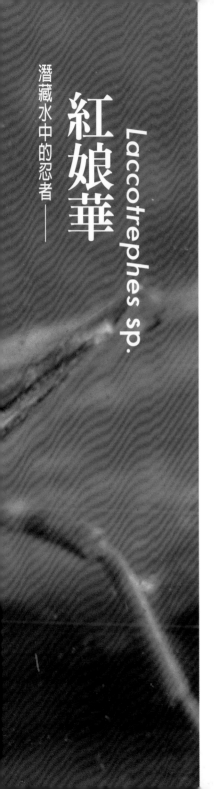

我想這是大家耳熟能詳的一種水生昆蟲，也是我在生態啓蒙時期最愛的一種水蟲。牠常常會在池塘或乾淨的水溝出現，每當抓起牠的時候，那對特化成鐮刀狀的前足，就會生氣地四處揮舞。老實說，牠的頭部實在很不討喜，因為與體型比起來，那頭部顯得非常小，剛好塞在前胸背板的中間，只露出兩個複眼與短尖的口器，實在很難讓人喜愛。

紅娘華在外觀上還有一個特色，就是牠那條像尾巴的呼吸管，能讓牠一直停留在水裡，不用上上下下換氣。雖然早知道牠是捕食水中的小魚小蝦、蝌蚪或是小昆蟲，但我也有看過牠捕食已經長出後足的蝌蚪，那一個動作除了用「快」來形容以外，大概也沒有更適合的字眼了。重要的是被牠抓住後，那獵物不管如何掙扎，紅娘華都不會放開，會先將消化液注入獵物的體內，把肌肉與器官組織分解，然後慢慢享用大餐。

2009年12月在南部的低海拔山區，與廖智安大哥進行昆蟲生態觀察時，發現路邊的大水溝因為出口阻塞，水滿了出來，一旁的枯枝上纏掛了好幾條赤尾青竹絲，頭部朝下，瞄準水中呱呱求偶的莫氏樹蛙。一時興起，我蹲在水溝邊，看著水中亂竄的蝌蚪，卻發現水面上浮著奇怪的暗綠色葉片，可是那葉子竟然還有奇怪的動作，靠過去一看，居然是身上長滿綠色藻類的紅娘華成蟲。牠那奇怪的動作，原來是用前足在水中撈捕獵物，問題是沒看到牠在抓什麼啊？再靠近一點仔細一看，原來牠在捕食水面上的孑孓（蚊子的幼蟲）。想不到已經成蟲的紅娘華，會以不成比例的孑孓來當食物。看來除了大肚魚或是原生的蓋斑鬥魚外，紅娘華也有可能用來防治蚊子喔。

Assassin

the face book
of insects in taiwan
017

圖中的水池充滿垃圾，但是只要沒有化學物質的汙染，水是否乾淨對於紅娘華來說並不是最重要的。

牠會捕食任何經過牠捕捉範圍內的動物。圖中的紅娘華口器已經插入蝌蚪的體內吸食體液。

身上長滿青苔的大紅娘華浮在水面上，讓人驚訝的是牠正在捕捉蚊子的幼蟲孑孓為食。

Assassin

紅娘華屬於漸進變態的昆蟲，從卵孵化後需要數次的蛻皮才能羽化為成蟲（圖中左邊黑色的物體為其蛻下的舊殼）。

牠尾部的呼吸管就像是忍者潛藏在水中時使用的呼吸管一樣，末端要高於水面才能呼吸。

紅娘華的體色為暗褐色，在布滿落葉腐植的水中是很好的保護色，但是在水草上就變得非常顯眼。

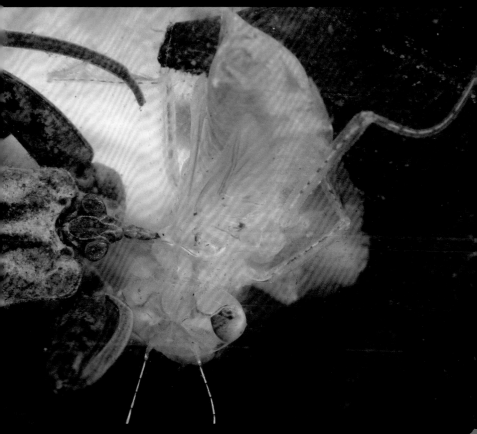

在自來的水溝中找尋水生昆蟲時，發現一隻倒楣的水蠆正在蛻皮，卻被紅娘華捕食，那表情還真是不甘願啊！

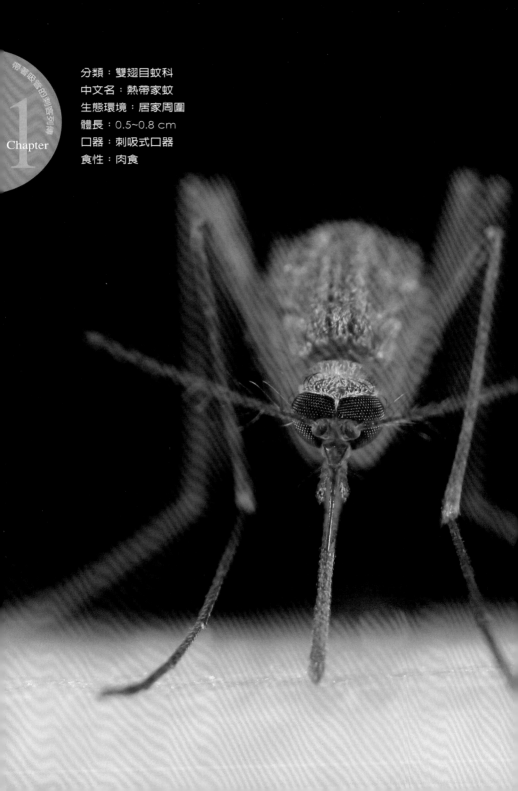

分類：雙翅目蚊科
中文名：熱帶家蚊
生態環境：居家周圍
體長：0.5~0.8 cm
口器：刺吸式口器
食性：肉食

熱帶家蚊

睡夢的惡魔—

Culex quinquefasciatus

　　我想如果有機會來做一個排行榜「最恨的昆蟲」，依照大多數人的邏輯來看，前3名裡面一定會有蚊子吧。

　　的確！大家聊天時只要提起蚊子，多半會恨得牙癢癢的。尤其是睡覺的時候，聽到耳邊嗡嗡作響的飛舞聲，趕也趕不走，爬起來開燈也抓不到。那種想睡又睡不著，帶著兩個黑眼圈快要抓狂的心情，肯定大家都有過。而我的作法，也只能消極地用棉被把自己整個包起來，期望可以多睡個10分鐘而已。

　　基本上，蚊子是一種感覺器官非常敏銳的昆蟲，牠口中的吸管永遠對準著你身上排出的二氧化碳。這種經驗在我夜間觀察攝影時尤其深刻，每當聚精會神地在森林中穿梭找尋拍攝的目標物；剛發現一隻美麗的蟲蜇停在葉面上，然後我拿起相機緩慢的走近，深怕動作太大，驚擾了要拍攝的對象。這時總會看到蚊子就這樣飛了過來，慢慢地在我的手背上盤旋，好像在選擇一個適合用餐的位置，然後悠閒地停上去。我就眼睜睜的看著牠把那又長又細的口器慢慢的刺進我的皮膚中。老實說，那種眼睜睜地看著被攻擊卻無法反擊的感覺實在不好受。開始吸血的蚊子身體慢慢地脹大，飽餐一頓之後，又緩慢地飛離我的視線，而我只能保持姿勢繼續拍攝，想起來實在是好氣又好笑。

　　蚊子是很多傳染病的媒介，譬如早期的日本腦炎到現在的登革熱，還好政府大力宣導如何杜絕蚊害，時時提醒不要在戶外使用容器蓄積存水，避免成為牠們的繁殖溫床，還有定期的環境消毒，有效的將蚊子的數量控制住。同時現在的居家衛生都做得很好，防治蚊蟲的藥劑或器材也多，或許每一個人都有一個謙卑的希望，總有一天可以真正的一夜好眠。

Assassin

SCALE 1:1 熱帶家蚊實際尺寸

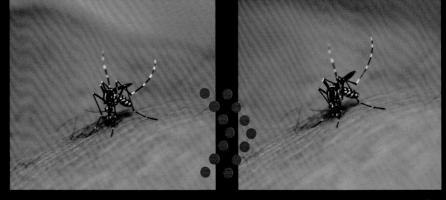

白線斑蚊吸食前會花點時間找個好位置。找到後就將牠的「吸管」慢慢地刺
進我的皮膚中，這時可以看出牠的腹部還是扁的。

才一點時間，就吸了滿肚子的血，好像氣球要脹破一樣。

蚊子在叮咬時，會找尋皮膚上最「細嫩」的地方，方便牠使用「吸管」插入來吸食。

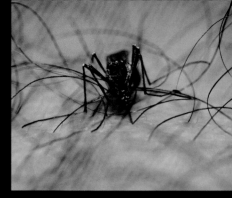

這隻白腹叢蚊很怪，在我腿上哪邊不吸，找了一個有長「毛」的地方，害我邊拍邊笑。

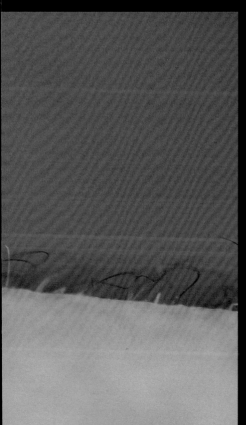

這隻蚊子在吸血的時候，廖智安大哥忍住那又氣又癢的感覺，讓我能好好地拍攝。

以欣賞昆蟲的角度來看蚊子，其實牠的外形既纖細又精緻，感覺上沒有那麼可惡。

分類：半翅目(同翅目)角蟬科
中文名：三刺角蟬
生態環境：中低海拔雜木林
體長：0.35~0.5 cm
口器：刺吸式口器
食性：植食

記得有一次，我與台灣全記錄的外景組在北部橫貫公路的明池路段出外景，當時與另一位講師阿凱在林道旁，等待導演與攝影師溝通拍攝的角度。心想反正沒事，就蹲下來觀察腳邊的花朵，那是一片美麗的油點草。當我拿起相機記錄美麗的花朵時，透過鏡頭看到葉子上有個奇怪的小黑點在移動。當時還以為是自己眼花，因為那黑點與油點草葉子上的黑斑很像，所以就沒有特別注意。只拍了幾張就聽到導演說：「準備要錄了喔」，我趕快收起相機，站到定位上…。直到回家後，才發現那黑點是一種稀有、長相又奇特的昆蟲 ── 「角蟬」。

我們印象中的蟬，就是那些會在盛夏鳴叫，也稱為「知了」的昆蟲。角蟬雖是蟬的親戚，因為沒有腹部的發音器，所以我們聽不到牠們的鳴聲。可是角蟬卻能藉由身體的震動來發出訊號，與同伴聯繫，或是發出警訊。

雖然角蟬長有翅膀，但是飛行能力並不好，反而是跳躍的能力出乎意料的強。常常觀察時太靠近、或是驚嚇到牠們的時候，牠們會先跳離樹枝，這時你只要原地不動，過一會兒牠就又會飛回來樹枝上棲息。角蟬幾乎全年可見，中低海拔的雜木林，或是原始林都有機會發現角蟬。目前國內還沒有相關的分類研究及進一步的資料，但是根據昔日的論文，台灣有紀錄的角蟬約有數十種之多。所以我對於牠們的生態以及外觀有極大的興趣。到底是什麼樣的演化，讓牠長出這樣特別的「角」，實在是耐人尋味。除了感嘆造物者的神奇外，更相信這美麗的特化一定有它的用處。

三刺角蟬實際尺寸
SCALE 1:1

Assassin

三刺角蟬

Tricentrus sp.

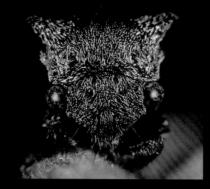

沒想到同一種角蟬的雌雄外形會有這樣大的差異！
前頁的主圖是雌角蟬，體型較大，本圖是雄角蟬。

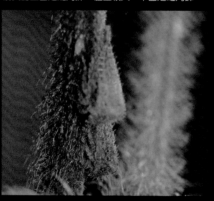

圖中的角蟬若蟲共有兩隻，他們幼生時期的外形類
似寄主植物的莖或葉，讓人難以發現牠的存在。

Assassin

剛蛻皮羽化的雌角蟬，翅膀上還有點淡淡的綠色，
等羽化完成後才會變成褐色。

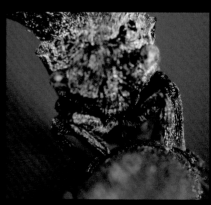

一樣是刺吸式的口器，但與前面介紹的「刺客」比
起來，牠是「素食者」，以吸食植物的汁液維生。

要發現體型很袖珍的角蟬需要用心觀察，而且看到一隻以後可以再找找，因為牠們會有群聚的現象，旁邊可能還有喔！

一對剛交配完的角蟬，似乎發現有人在偷窺牠們，表情變得很害羞。

以角蟬特殊奇異的外觀來看，本種角蟬的「角」算是非常簡樸的。

分類：半翅目(同翅目)蠟蟬科
中文名：渡邊氏長吻白蠟蟲
生態環境：低海拔雜木林
體長：4~5 cm
口器：刺吸式口器
食性：植食

渡邊氏長吻白蠟蟲

身著華服的大鼻子情聖——

Fulgora watanabei

渡邊氏長吻白蠟蟲在2009年之前，頂著保育類昆蟲的光環，要看到牠好像很不容易，每回發現時總是非常開心。在新的保育類名單中，牠被除名了。如今雖然不再是保育類昆蟲，但是因為牠那讓人驚艷的型態及體色，我對牠的熱愛可從來沒有減少過。長吻白蠟蟬最容易辨別的特徵是那布滿白色蠟質的身體、長長的吻部，還有翅膀上色彩豐富的美麗花紋。

其實野外長吻白蠟蟬的數量不算少，還記得第一次與牠近距離接觸時，是好友阿凱帶著我一起，到他的私人秘境去探訪。我們來到新北市的低海拔山區，在路旁的烏桕樹幹上找尋牠的身影。才準備好相機，抬頭就看到樹上三三兩兩的族群，接連下來的幾棵樹上，或多或少都有發現牠的蹤跡。我先將全景的生態照拍好後，想要拍些蟲體全身及細部的特寫。沒想到才稍微一靠近，就看著牠慢慢的轉身，身體像螃蟹般的橫向移動，突然間！就繞到樹幹的另一面去了。當場愣住的我心想，好吧，你不給我拍，我就找另一隻來當主角。

相準了要拍攝的目標，我躡手躡足地前進，深怕因為動作過大而驚嚇到牠。沒想到，才站好定位，舉起相機準備拍攝時，又看著牠像轉圈圈般地繞到樹幹的另一面。接連下來的幾隻都一樣，無論我的動作再慢再輕，都無法順利拍到特寫畫面。想了一下，我只好拿出另一個絕招，就是直接爬到樹上去接近牠們。但要爬上樹，除了小心自身的安全以外，還要顧及動作的輕盈，因為震動太大會把牠們嚇跑，在我一連串緩慢且好笑的攀爬動作後，終於找到願意配合的主角，也順利地拍攝到我自己滿意的照片。

Assassin

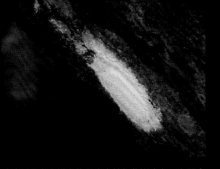

渡邊氏長吻白蠟蟲的卵產在植物的樹皮上，上面會覆蓋一層有保護作用的白色蠟質。

若蟲孵出的瞬間，身體顏色非常的淺。

孵出後約30分鐘，體色就會變為有花紋的深褐色，那「大鼻子」的形狀也非常明顯。

若蟲的形狀與顏色就像樹皮一樣，停在樹枝上確實會讓人難以發現。

遇到危險時除了會繞圈圈或是跳開外，還會將翅膀展開威嚇敵人。

由照片中可以清楚看到牠的體表覆滿白色的蠟質。
早晨的光線透過剛羽化成蟲的長吻白蠟蟬，整個身
體好像會發亮一樣。渡邊氏長吻白蠟蟲的美麗讓牠
曾經遭到大量捕捉，經過立法保育後，族群數量回
穩，並在2009年自保育類昆蟲中除名。

森林中的
殺手傳奇

Kille

我從小就對金庸或是古龍的武俠小說非常著迷，
其中還有許多經典名著被拍成電視劇或是電影，
這也是放學回家除了複習功課外最重要的「功課」之一。
我嚮往主角的俠義心腸、武功蓋世的瀟灑，
也對武林各派的功夫絕學倒背如流。
比如乾坤大挪移、打狗棒法、九陰白骨爪、黯然銷魂掌…，
這些招式我都熟捻於心。

我也常幻想是不是有機會在山上遇到臉色紅潤、長著白鬍鬚的神祕長者，
將武林絕學傳授給我，
這樣就可以在武林中維護秩序、濟弱鋤強。

後來我認真觀察生態才發現，
武俠小說裡潛藏在各山頭的高手或是埋伏在暗處的殺手，
其實通通都在我們的身邊。
我們所生活的環境就在「武林」之中，
只是要將武林的「武」字改成「森」字。

森林就在我們生活的周遭，不論是高山的原始樹林，
或是您家樓下的社區公園，都充滿各個「門派」的昆蟲。
這些昆蟲要在森林中討生活，
都需要有一套屬於自己的「獨門絕學」。

其中，有一票靠著絕世武功的「殺手」徜徉在森林中。
牠們有著「與生俱來」的獵捕技巧，常發現牠們如同土匪般，
大剌剌地擋在路中央要您留下「買路財」；
或是為了讓自己的子女能順利成長，必須辛勤獵捕足夠的糧食儲存；
更有殺「蟲」不眨眼的「江洋大盜」，
明明吃不了這麼多，卻以殺戮為樂；
甚至還有外表有著可愛的表情，但實際上卻是可怕的致命殺手。
獵捕與被獵捕是森林中每日必定上演的戲碼，
而這些戲碼就像小說中「江湖」的規矩一樣，
它不成文，卻是各大門派維繫整個「森林」秩序最好的方式。

本章主題將帶您認識昆蟲中武功最為高強的「殺手」們，
如何在森林中日復一日將小說裡的情節重複上演。

分類：鞘翅目步行蟲科
中文名：八星虎甲蟲
生態環境：中低海拔山區
體長：1.2~1.7 cm
口器：咀嚼式口器
食性：肉食

2
Chapter

老虎上身的殺手──

Cosmodela batesi

八星虎甲蟲

「引路蟲」大概是八星虎甲蟲最友善的俗名了。的確，每當我走在日正當中的溪床上，或是沒有遮陰的林道上，常常有機會遇到牠停在路中，抬著頭好像在找尋獵物一般，或說是一副驕傲的模樣。但是，當你靠近到一定的距離，牠會馬上展翅向前飛行。正常來說，昆蟲在受驚嚇的狀態下，都會飛到樹叢中或是隱密處躲起來，但是八星虎甲蟲卻只是飛到離你不遠處，等你再靠近時，牠又重複同樣的動作，就好像在為你帶路一般，也難怪會有這樣一個貼切的俗名。

其實不要看牠身上五彩斑斕，又有藍色的金屬光澤，除了美麗又會飛以外，八星虎甲蟲在地上奔跑的速度，可不輸給百米健將，我就看過牠在追一隻受傷的小飛蛾，那小飛蛾奮力地拍著翅膀，而八星虎甲蟲以極快的速度緊追在後，牠頭上那又圓又大的複眼也發揮效用，追蹤的方向非常準確，可想而知，那小飛蛾最後還是難逃「虎」爪。

經常想要靠近一點觀察牠，但是那個難度可不是用「疲於奔命」就能形容的。其實像牠這樣好動的昆蟲，只要掌握牠的特性，就能簡單地親近牠。至於觀察牠最好的時間點，就是牠在進食的時候，會比較安靜些。當你看著牠白色的大顎以誇張的動作，大口大口咀嚼食物時，再聯想到牠的俗名，會不會有一種奇怪的感覺？明明是非常和善的世俗名稱，但是那獵食的速度與模樣卻叫人害怕。牠那誇張的大顎，除了捕捉獵物時使用外，可不要以為其他的時候只是好看的喔，當雄蟲與雌蟲要交配時，大顎可是固定住雌蟲最好的工具呢！

SCALE 1:1　八星虎甲蟲實際尺寸

牠以飛快的速度奔跑捕捉獵物，連停在溪邊的蛾類都難以逃過牠的獵殺。

Killer

雄蟲會使用大顎鉗制雌蟲行動以利交配，避免雌蟲被其他的雄蟲搶走。

有好幾隻雙翅目的昆蟲停在虎甲蟲頭上，有點像是「太歲頭上動土」的感覺。實際上卻是牠剛吃完午餐，這些昆蟲被牠頭上的殘渣吸引而來。

牠們在啃咬食物時露出兇狠的表情，與真正的老虎比起來不遑多讓。

虎甲蟲的大顎就像牛排刀一樣充滿鋸齒，看起來讓人不寒而慄（圖為琉璃突眼虎甲蟲Therates fruhstorferi）。

夜晚時常有機會看到牠們在葉子上休息，這時候牠對光線或是動作都沒有太大的反應，是觀察牠最好的時機，但是建議動作要輕柔一點。

牠身上的花紋除了「五彩斑斕」外，還有反射出來的金屬光澤，隨著角度不同，反射出來的顏色也不一樣，這種顏色稱為物理色。

分類：膜翅目金小蜂科
中文名：金小蜂
生態環境：低海拔山區
體長：小於2 mm
口器：咀嚼式口器
食性：肉食

金小蜂

Pteromalidae sp.

前幾年為了找尋沒有破壞的雨林從事生態觀察，我曾在泰北與緬甸、寮國接壤的山區活動，常有機會接觸苗族的原住民，朋友們常常要我多小心，傳說那邊的少數民族會放「蠱」。

相傳放蠱是一種巫術，毒蟲經過放蠱人的飼養後，可以寄生在人的體內，靠著人體的養份維生。放蠱人還可以藉由寄主體內的「蠱」，來操控寄主的行為舉止，甚至思想。被「蠱」寄生的人會死嗎？以現在的觀點來看，如果不把體內的「蠱」（寄生蟲）除掉，寄主通常會會越來越虛弱，最後當然是難逃一死。

昆蟲界中也有這樣的行為，在野外觀察拍照時，常可以見到蝶蛾類的幼蟲，身上沾附著許多的白色繭狀物，這些小繭就是寄生在幼蟲體內的寄生蜂所製作出來的。牠在幼生期以不會危害寄主生命的部位為食，當牠體內蓄積足夠的養分時，就會鑽出寄主的身體，並且在寄主體表作繭，待羽化後再找尋下個倒楣的目標。

我曾經遇過體長10公分以上的大型蛾類幼蟲，被寄生蜂寄生後，雖然還活著，但是體長竟然縮得剩不到5公分，而且體表鋪滿了密密麻麻的白色絲狀物，仔細一看，竟然全都是寄生蜂的繭！大略估算一下，數量至少超過200個！還沒見過本尊時，以為金小蜂大概長得像一般的蜂類，但是真正使用超微距裝備看過牠的模樣後，才驚覺這是可怕的小惡魔啊！不敢相信牠們如此微小的身體，卻選擇比牠們大上百倍的動物為食，在牠們身上所看到的，完全顛覆了以大欺小與弱肉強食的自然法則！

小繭蜂媽媽在蛾類幼蟲身上產卵，幼蟲靠著寄主（蛾類幼蟲）的養分為食，等要化蛹時才爬出幼蟲體表作絲繭化蛹；然後…金小蜂媽媽才來「小繭蜂的絲繭」上產卵，金小蜂的幼蟲就以小繭蜂的蛹（或是尚未化蛹的幼蟲）為食，所以金小蜂才是「殺手中的殺手」！

SCALE 1:1
金小蜂
實際尺寸

被寄生蜂寄生的大型蛾類幼蟲，表情顯得有些無奈。看到這隻被寄生的蛾類幼蟲時，牠還在慢慢地爬行，身上的白色蜂繭估計超過百個，看起來很像日本知名卡通中的「龍貓公車」。

螳小蜂(*Podagrion* sp.)也是寄生蜂家族的成員，專門找尋螳螂的螵鞘產卵，後面那根長長的尾巴就是牠的產卵管。

絨繭蜂族(Apantelini)是寄生在蝶蛾類幼蟲的寄生蜂之一，牠們會在植物的枝葉間搜尋倒楣的寄主。

由蜂繭中鑽出的金小蜂要快速的找到另一半交配後，隨即尋找下一個倒楣的「受害蟲」，完成傳宗接代任務。

在拍照時金小蜂突然轉向背對著鏡頭，大大的頭配上尖銳突出的大顎，看起來還真像隻鴨子。

這隻中海拔山區看到的蛾類幼蟲，身上也有白色的蜂繭，還有隻金小蜂科的寄生蜂停在牠背上。

分類：蜻蛉目細蟌科
中文名：紅腹細蟌
生態環境：低海拔水塘
體長：3~3.5 cm
口器：咀嚼式口器
食性：肉食

Chapter
2

紅腹細蟌

Ceriagrion latericium ryukyuanum

一年12個月中，觀察昆蟲最好的時間，可以由春季梅雨的4月起算，到秋高氣爽的10月份。在這為期180天的日子裡，我大概會有90天揹著相機到處跑。雖然每次出門，都不見得能有新的收穫，但是有些昆蟲卻總能適時地出現，讓你不至於空手而歸。

通常在溪溝邊或是水塘旁，那翠綠色的草叢中，都會出現一個朱紅色的魅影，看似忙碌地在枝葉間穿梭。牠的體型雖然纖細，但是綠色的複眼配上橙黃色的身體，加上朱紅色的腹部，這樣搶眼又可愛的外觀，讓你不多看兩眼都很難。不要以為牠的體型小，移動的速度可是非常快，常常讓我跟得精疲力盡，卻也消磨掉不少無聊的時間，這就是紅腹細蟌。

一般都是記錄到單隻在草叢中徘徊，偶爾可以見到交配時兩兩雙飛，或是雄蟲在上抓住挺水的植物，雌蟲在下將尾部放在水中產卵。倘若運氣好一點，還能看到一雄一雌，浪漫地交纏出「愛心」的形狀。

這天在桃園虎頭山步道拍照，還不到中午，太陽的威力就讓我與廖大哥退到小溪溝旁去乘涼。蹲下後看到一隻紅腹細蟌停在草上，索性拿起相機來拍幾張。透過鏡頭看到牠的可愛，忍不住想要多按幾下快門。才剛回神，牠就突然在鏡頭中消失了。我放下相機抬起頭找尋牠的蹤影，卻發現牠文風不動的站在原地，只是嘴中不知咬了什麼？當我再度透過鏡頭觀察時發現，牠正在嚼食一隻雙翅目的蠅類，而那眼神也變得異常兇狠。接下來的時間，我看著牠以極快的速度不斷獵食，而我心目中最為漂亮可愛的紅腹細蟌，也在這次的觀察中讓我發現到，隱藏在可愛與美麗外表下的兇猛本性。

Killer

在較為潮濕的森林邊緣或是池塘邊的草叢中，常常會發現牠們停在植物的莖葉上。

紅腹細蟌在我拍攝的同時，轉眼間已經咬了一隻雙翅目的昆蟲在哨食，捕食的過程不超過2秒。

雄蟲的生殖器在腹部第二節，所以雌蟲交配時需要將「交尾器」倒掛上來，接受雄蟲的「精子」。

細蟌雖然看起來是很纖細的一種昆蟲，但是交配時常常會上演許多「特技」般的動作。

Killer

隱匿在草叢中的雄蟲，「眼露凶光」地等待著獵物靠近。

很多蜻蜓與豆娘的雌雄花紋與體色不一樣（圖為黃尾琵蟌Coeliccia flavicauda，藍色的是雄蟲，黃色的是雌蟲）。

紅腹細蟌在交配時，有時會看到雄蟲與雌蟲勾勒出「愛心」的形狀，加上牠們富有喜氣的顏色，感覺上真的很恩愛。蜻蜓與豆娘在交配時，雄蟲都會使用腹部末端的「把握器」夾住雌蟲的脖子，也可以防止其他的雄蟲來「搶親」。

分類：蜻蛉目勾蜓科
中文名：無霸勾蜓(保育類昆蟲)
生態環境：低海拔山區溪流
體長：8~10 cm
口器：咀嚼式口器
食性：肉食

昆蟲界的空中霸主——

無霸勾蜓
Anotogaster sieboldii

　　對於昆蟲的熱愛，來自於小學一、二年級時的自然課程。還記得上戶外課的時候，我的捕蟲網是全班最大的，同學們都會找我到學校操場上去抓蟲，其中最難抓的就是蜻蜓，因為牠們總是飛得很高。

　　我與同學們努力追逐，蜻蜓卻好像不費吹灰之力就可以閃躲。也許是因為我的網子夠大，讓我矇到了班上的第一隻蜻蜓（如果沒記錯應該是薄翅蜻蜓）。那時我就像是班上的英雄一樣，當同學們開心地歡呼時，我正仔細看著蜻蜓的超大複眼，還有那特別的表情，卻不知道蜻蜓是兇猛的肉食性昆蟲。

　　本篇介紹的無霸勾蜓，在台灣的中低海拔山區極為常見，通常會在固定的區域巡航著，肉食性的牠仗著高超的飛行技巧，在空中幾無敵手。第一次與牠近距類接觸時，是去烏來拍攝蘭花的生態照，在一處山壁滲水所形成的水溝邊，發現有隻無霸勾蜓，以奇怪的飛行姿勢在上方逗留。我舉起相機，蹲低身體慢慢前進，想要拉近距離觀察。牠似乎非常的敏感，我才一有動作，牠就飛離水溝邊，我只好耐著性子等牠飛回來。果然沒一會兒，牠就繞回來了，見牠緩慢地在這片水域上徘徊，看起來好像是在挑選什麼。突然間牠使用「插秧苗」特技般的直立飛行技巧，在水面一點一點的上下移動著。透過鏡頭仔細一看，每點一下，水中就有一個白色的卵粒緩緩的沉到水底，原來牠是在產卵，這些年在野外觀察，我看過許多不同的蜻蜓行為，但蜻蜓「點水」的姿態，就屬無霸勾蜓的方式最特別。

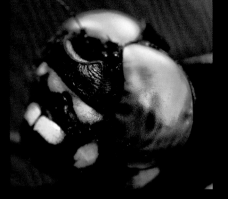

體型巨大的無霸勾蜓，牠的複眼是由數萬個小眼所組成的，可以想像一下牠所看到的影像是如何的特別。

無霸勾蜓與海神弓蜓的體色花紋非常相似，常有人會搞混，由牠們頭部的黃色花紋就可以分辨。（本圖為海神弓蜓 *Macromia clio*）。

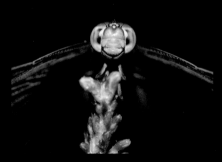

兇悍的善變蜻蜓（*Neurothemis ramburifi*）的正面也可以如此可愛。

每次持續1至4次的「直立點水」動作，精湛的飛行技巧在昆蟲界中無「蟲」能敵。

無霸勾蜓在產卵時會先短暫停留在半空中。

一般的蜻蜓以平行的方式停在樹葉或是枝條上，無霸勾蜓與海神弓蜓等大型種類則是以垂掛的方式在休息（本圖為海神弓蜓 *Macromia clio*）。

分類：膜翅目蛛蜂(鱉甲蜂)科
中文名：黃帶蛛蜂
生態環境：中低海拔山區
體長：2.8~3.5 cm
口器：咀嚼式口器
食性：肉食

　　如果不是因為宿世的恩怨，為什麼節肢動物中較為高層的掠食者—八腳蜘蛛，是大部分昆蟲的剋星，可以織網捕蟲，爬行速度也飛快，卻變成珠蜂獵捕來養育幼蟲的食物？

　　渡假勝地墾丁在寒冷的12月份，一樣是艷陽高照，頭頂上有著南部烈日的催化，氣溫反而讓人感到舒適。這次與「台灣全記錄」的外景團隊來到社頂公園，計畫要拍攝這裡的冬季生態。

　　本以為冬天可能沒有什麼昆蟲，當我們到了廖智安大哥所謂的「秘境」時才發現，各種蜜源植物的花朵盛開，大白斑蝶、綠斑鳳蝶、黃裳鳳蝶等南部名產的群蝶飛舞，草叢間來來去去的各種蜂類，正辛勤的工作著。導演與主持人在研究劇本時，我與廖大哥也沒有閒著，在樹林與草叢中探詢有趣的昆蟲。草叢中的悶熱與潮濕讓我們滿頭大汗，這時在草叢另一邊的廖大哥叫了我：「阿傑，快點過來，有東西可以看！」聽廖大哥喊得很用力，連導演與攝影師都衝了過來。我們跟著廖大哥的手指往前方枯葉堆看去，隱約看到有隻像蜂的昆蟲，像是在攻擊什麼，邊拖邊拉的。廖大哥說這就是我們這次要記錄的蛛蜂。

　　蛛蜂的種類不少，牠們都是蜘蛛類的天敵，有的喜歡找結網的蜘蛛，有的偏好地上活動的蜘蛛。發現的這隻正在捕捉白額高腳蛛（就是台語的蟧蛤）。通常蛛蜂找到獵物時，都會使用尾部的毒針伺機攻擊。蛛蜂的毒液只有麻醉的效果，主要是讓蜘蛛麻痺不能動彈，並不會毒死蜘蛛。將這八腳獵物拖回巢穴中存放，然後在蜘蛛身上產卵，讓牠的幼蟲孵化後，就可以品嘗新鮮的大餐，並順利成長。

　　可以將殺手級的蜘蛛當成主要獵物，蛛蜂果然是殺手中的殺手。

the face book
of insect behavior
051

蛛蜂的眼睛占了頭部三分之二以上的面積，還有觸角也非常發達，可以幫助牠搜尋獵物。

也許第一針的麻醉效果不夠，在連拍的紀錄中，湊巧留下這一張「打針」的畫面。

可能獵物實在太大，蛛蜂媽媽正使用大顎幫獵物做「截肢手術」來減輕重量。

Killer

辛勞的蛛蜂媽媽會在各種地方搜尋牠的獵捕對象，包括鑽到樹枝、落葉底下或是石頭縫中。

這隻蛛蜂媽媽拖著比牠大上幾倍的獵物「白額高腳蛛」，這可是讓牠的蜂寶寶順利長大的食物呢。

常看到各種蜜蜂或虎頭蜂在溪邊喝水，蛛蜂也不例外；但是，牠們在喝水時極為小心，有一點動靜就會飛走。

在墾丁的低海拔森林中上演殺手對上殺手的戲碼，八腳蜘蛛完全沒有反抗的餘地。

分類：螳螂目螳螂科

中文名：寬腹螳螂

生態環境：低海拔平原至山區

體長：8~10 cm

口器：咀嚼式口器

食性：肉食

草原上的快刀手——

寬腹螳螂

Hierodula patellifera

　　還記得國小的時候住在山邊，半山腰有一間苗圃，裡面種滿了各種植物花卉，夏天時常會有非常多的昆蟲在那裡出現。我童年的快樂時光都是在那半山腰上度過。尤其是暑假時，鄰居的小朋友、同學都會來找我一起上山抓昆蟲。那時可以抓到的不外乎甲蟲、蝴蝶、蟬、蚱蜢等等。其中還有一種特別的昆蟲，每次特別想抓牠的時候總是抓不到，但是牠總會不經意地出現在你的身邊。只要牠一現身，發現的人總會大聲的喊出：「草猴！草猴來了！」

　　在農業社會的年代，長輩看到螳螂時都說那是「草猴」。我曾經去追問為什麼螳螂會叫做「草猴」？其中我認為比較可信的說法是，因為螳螂大部分在樹端的枝葉上活動，行動非常迅速，牠的前臂除了有捕捉其他昆蟲的功能外，還可以勾住樹枝幫助移動，就像猴子在樹上移動一般，所以就有這樣的稱呼。

　　台灣螳螂的種類應該超過20種以上，因為沒有相關的學者做分類研究，所以在野外遇到螳螂，常常會認為是同一種，不過仔細觀察一些細部構造，比如前胸背板或是捕抓足的內側，就會發現這裡頭的學問還真大！

　　印象最深的是去年的夏天，在社區的花圃樹枝上觀察到一隻寬腹螳螂。那時牠正在進食，手上抓的是隻灰色的物體。我當時還以為是灰色系的螳蟲，沒想到仔細一看，竟然是一隻壁虎！？一直以來都是看到壁虎在燈下捕食昆蟲，從來沒想過，在弱肉強食的生態世界中，壁虎也變成被獵食的角色。捕食的螳螂為了產卵的營養，可不管抓到的是誰，先吃飽再說吧！

我居住的社區環境還不錯，樓下的花圃中，夏季常常可以見到各種昆蟲，其中寬腹螳螂也是常客之一。

Killer

螳螂愛乾淨的習慣可以由牠們不時的清理手腳看出，尤其是進食後一定會將「捕捉足」上的殘渣清乾淨。

在我們社區樓下觀察到寬腹螳螂正在吃一隻小型的壁虎。原來獵食昆蟲的壁虎，也會被牠獵食。

當牠擺出這種姿勢就是在威嚇，不識相的我還伸手去逗弄，結果牠咬一口，還是要注意這類有攻擊性的昆蟲。

在杜鵑樹叢上進食的寬腹螳螂，是不是與整個環境融為一體？（圖為台灣寬腹螳螂 Hierodula formosana）

這隻螳螂雖然失去了左邊的捕捉足，但為了活下去，還是靠著僅有的一隻捕捉足來獵食。小小昆蟲也可以給我們很重要的啟示。（圖為台灣寬腹螳螂）

分類：膜翅目胡蜂科
中文名：雙金環(黑尾)虎頭蜂
生態環境：低海拔雜木林
體長：3.5~3.8 cm
口器：咀嚼式口器
食性：雜食

雙金環虎頭蜂

瘋狂攻擊的轟炸機——

Vespa ducalis

對於蜂類的懼怕，永遠記得是來自於幼稚園的時候，不懂事的我將訪花的蜜蜂當作蝴蝶，兩隻手將花捧了起來，想要抓住牠給老師看；卻沒有想到，換來的是手掌中的一股巨痛，那種痛到今天還依然深深烙在我的心中。

朋友最喜歡問我，你常常上山下海到處闖，最怕遇到什麼？是蜘蛛、毒蛇、蜈蚣還是「阿飄」？我通常不假思索地回答：「虎頭蜂」。沒錯！！虎頭蜂對我來說一直都是最可怕的昆蟲。在山區只要注意周遭環境，是可以避免遇到蛇類或是蜘蛛、蜈蚣，不然還有一招「打草驚蛇」可用。但是像虎頭蜂這種3D環境通吃的角色（可爬、可飛、還可呼朋引伴），實在讓人無法招架。所以只要遠遠看到虎頭蜂的蹤跡，我都會直接繞路，避掉不必要的危險。

有一回帶人到汐止山區踏青，才停好車就看到路邊的蓮霧樹下，都是熟透的果實。這些果實發酵的味道，吸引了許多昆蟲在這覓食，其中不乏美麗的蛺蝶與我最愛的鍬形蟲。安頓好家人去走步道後，我開始尋找特別的昆蟲，這時看到一個碩大的身軀，拍動著翅膀在蓮霧堆中橫衝直撞，好一隻雙金環虎頭蜂！本想說為了安全我還是離開好了，但是那美麗的身體及充滿憤怒眼神的臉部，吸引著我慢慢地趴下來觀察。牠的大顎非常孔武有力，可以直接撕裂、啃食果肉。這也難怪，我好幾次看到牠們攻擊蜜蜂，一口就將蜜蜂的頭咬斷，地上還有一堆蜜蜂的屍體，想起來都不寒而慄。大概是陽光照射到這些地上的蓮霧，空氣中瀰漫著濃濃的發酵味道，又來了好幾隻雙金環虎頭蜂。其中有一隻停在蓮霧上，與我非常接近，想了一下，我乾脆整個人趴在牠的面前，作近距離的拍攝。但是那一瞬間牠突然望著我，緊接著就飛了過來，我下意識地跳了起來，頭也不回的逃離現場。虎頭蜂果然是我的剋星！

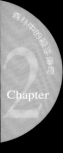

虎頭蜂的頭部非常巨大，每次觀察牠的時候讓我有種感覺，牠們的頭好像可以像面具般取下。

同樣是雙金環虎頭蜂，不同蜂巢的成員也會相互攻擊。

發現我在拍照的牠，生氣的舉起雙手威嚇，要我別想再越過雷池一步，其實我比牠還要害怕！

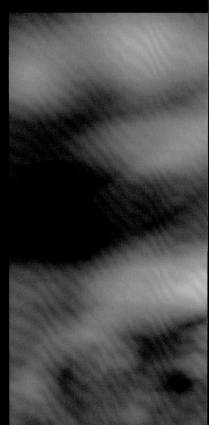

「張飛殺岳飛，殺得滿天飛」剛好形容攻擊性最強的黃腳（跗）虎頭蜂 (Vespa velutina) 及毒性最強

喜歡爛水果的昆蟲除了蛺蝶、金龜子與蒼蠅之外，還有虎頭蜂也常常出現在爛水果堆裡。

雙金環虎頭蜂的體型只比台灣大虎頭蜂小一點，雖然不是那麼具有攻擊性，但是遇到時還是要小心。

這隻台灣最毒的黑腹虎頭蜂，不知為了什麼，竟然被雙金環虎頭蜂咬得毫無反擊之力

Chapter

3

森林中的
清道夫

民國70年的我才8歲，那時的台北已經很繁榮了，
道路四通八達，也有很多外國觀光客。
如果遇到碧眼金髮的外國人，我們都會偷偷說那是「阿兜仔」，
而我與「阿兜仔」的第一次接觸，竟然是…。

我常在住家樓下菜市場邊的公園玩，
兒時玩伴除了溜滑梯、盪鞦韆以外，最喜歡玩「1、2、3木頭人」。
有一天，公園裡出現一個「阿兜仔」，
他蹲在公園最旁邊的一棵大樹下，手邊不知在撥弄什麼。
我與幾個同伴因為好奇心的驅使，慢慢地走過去，
當我蹲在「阿兜仔」旁邊時才發現，他竟然用一隻小鏟子在挖狗大便！
同伴大聲驚呼：「阿兜仔勒歐高賽（台語）」。
其他的同伴則邊叫著「辣薩郎、泰哥鬼」邊跑開，只留下我一個人還蹲在原地。
我並不是被嚇呆了，而是我發現在「高賽」上面有種奇怪的昆蟲。
那位阿兜仔並沒有理會我，只是持續著挖「高賽」的動作，
並且將「高賽」上的昆蟲裝到小玻璃瓶中。
阿兜仔看我好像對這些昆蟲很有興趣，就用小瓶子裝了兩隻給我，
並且說了幾句我聽不懂的語言，摸摸我的頭後就走了。
這是我與「阿兜仔」的第一次接觸，也是我與「牛屎龜」的第一次接觸。

大自然裡常常有許多動物的排遺，或是動植物死去後的屍體，
這些排遺或是屍體如果沒有妥善處理，除了惡臭難聞之外，
還有可能變成病菌或是傳染病的溫床。
有一群特別的昆蟲在森林中扮演了「清道夫」的角色。
牠們有的專門處理動物死亡後的「後事」，
有的特別喜愛動物的「賽」，整天在裡面「滾來滾去」；
有的則是幫各種植物的枯枝落葉再利用，化腐朽為神奇。

想一想，現在生態旅遊是很夯的休閒活動，假使沒有這一群「熱心」的昆蟲幫忙，
有可能我們踏青時就會聞到各種「可怕」的氣味，或是隨時有人會高喊踩到「黃金」！
所以這群昆蟲在整個生態循環中可是扮演了極為重要的角色呢！

自從那位「阿兜仔」給我兩隻糞金龜後，我也變成常常被同伴與長輩取笑的對象，
因為我沒事就會去「歐高賽」找糞金龜，一直到今天我還是「樂此不疲」！

the face book
of insects in taiwan

分類：鞘翅目長臂金龜科
中文名：長臂金龜（保育類昆蟲）
生態環境：中低海拔原始林
體長：4.8~6.8 cm
口器：咀嚼式口器
食性：植食

長臂金龜

超強趨光的迴力龜——

Cheirotonus macleayi formosanus

對於會「迴力」的物品，大部分的人都會有些興趣。例如，迴力車是大小朋友都一定會經歷過的玩具，國高中以後開始玩的迴力飛盤，長大一點可以養條狗訓練撿骨頭，也算是「迴力狗」吧！

有一回與幾位蟲友來到竹東的尖石山區，這裡有一盞知名的路燈，每年5月份開始，晚上總有許多具趨光性的物種來到燈下，其中最常見的就是暱稱「迴力龜」的長臂金龜。

長臂金龜是台灣原生金龜子中體型最大的，尤其是雄性成蟲，牠那對「長臂」可不是浪得虛名的，幾乎有身體長度的1.5倍。而牠只分佈在台灣尚未破壞的中低海拔原始林中，因為具有非常強烈的趨光性，所以常常在山區的路燈下，可以看見牠的身影。我好幾次目睹牠被急駛而過的汽車碾壓，下場當然是落得肚破腸流，死狀甚慘。有一次看到有人將停棲在路上的長臂金龜往山坡下丟，避免再遭遇橫禍變成「扁龜」。但是長臂金龜就像迴力飛盤一樣，在空中畫個圓，馬上又飛回道路上，大概是因為強烈的趨光性所致，重複了幾次都一樣，所以會有「迴力龜」這麼可愛的外號。

在森林的地表總有著樹枝及樹葉覆蓋而成的落葉堆，這些植物的枝葉在經年累月的堆積下，靠著溫度與天然的菌類，轉換成對動植物來說極富養份的腐植層，這也是各種昆蟲與金龜子的繁殖天堂。我曾看過長臂金龜的幼蟲，幾乎與手掌心一樣大。以牠的體型來說，一定需要源源不絕的腐植質為食，而幼蟲消化過所排出的糞便，則是最好的植物肥料，讓整個森林得以生生不息永續成長。

長臂金龜身上有種特殊的味道,這是散發出來吸引異性的費洛蒙。牠的身體下面長滿了濃密的體毛。

牠是台灣最大型的金龜,所以承受的獵捕壓力一直很大,列入保育類昆蟲之後,在山林間就常有機會可以看到牠的身影。

在林道上發現被壓扁的雄蟲屍體,雖然不知道是車子造成的或是人為的,但是只要好好的保護牠們的棲地,就可以確保牠們生生不息。

2008 年才由好友周文一教授與國外學者共同發表的「華麗長腳花金龜 Epitrichius magnificus」,與長臂金龜一樣擁有渾圓的身體和華麗的體色,最大的差別在於牠最後腳比較長,體型也較小。

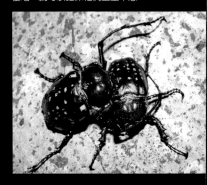

這是好多年前留下的一張資料照,在北部山區的路燈下,雄蟲橫壓在雌蟲的身上,這種行為我們稱為「護雌」,就是保護雌蟲不被其它雄蟲搶走。

長臂金龜喜歡生活在沒有開發的森林中，這裡才有足夠的落葉腐植質，可以供應牠們的幼蟲成長所需的營養。圖中可以看到雄蟲的前腳長度與身體的懸殊比例，真不愧有「長臂」之名。

分類：鞘翅目埋葬蟲科
中文名：雙斑埋葬蟲
生態環境：低海拔山區
體長：3.5~4 cm
口器：咀嚼式口器
食性：腐食

雙斑埋葬蟲

大自然的禮儀師——

Diamesus bimaculatus

在北部橫貫公路轉往拉拉山的路上，有一盞當年號稱是櫻花神燈的路燈，這可是玩蟲的朋友們，來到此處必逛的景點之一。因為這盞燈彷彿有著魔力，在夜晚裡常常會有各種鍬形蟲被這雪白光線召喚而來。10月份的某個夜晚，我與玩蟲的好友小周夫妻一同來到燈下，因為天氣已經開始變冷了，圍繞在路燈旁的，只有幾隻天蛾與蟲友們暱稱「枸杞」的二星椿象。我們拿著手電筒在燈下與樹枝上找尋著，希望可以看到季節末期的鍬形蟲。

首先有收獲的是小周，他說燈下的陰影處有隻甲蟲，長得很特別，要我過去看看。當我靠過去彎下腰的瞬間，看到牠那可怕的腹部一直不停地收縮，觸角也胡亂擺動，再仔細看鞘翅上的花紋，我猛力地往後跳了一步，轉頭向小周說：「這是埋葬蟲！！」

一般人光是聽到埋葬蟲的大名，就會有不好的聯想吧！尤其埋葬蟲又是專門找尋動物屍體維生的，光是想到動物死後腐爛的屍臭就覺得噁心，埋葬蟲卻是被那氣味吸引來用餐，成群的埋葬蟲在發臭的皮囊中亂竄，那樣子就足以讓人感到恐怖了吧！才剛想到關於埋葬蟲的恐怖景象，就看到小周伸出他的右手，張開了手掌，用拇指及食指抓住埋葬蟲的前胸背板，然後慢慢的拿到他的面前。我還搞不清楚小周到底要做什麼，只見他將埋葬蟲放到鼻子前聞了又聞，然後慢條斯理地回頭對我說：「其實，不是很臭耶…」。

老實說，我也不是那麼討厭埋葬蟲，反而要感謝牠們。像我這種常往山上跑的人，在林道上遇到動物屍體的機會變多的，因為有埋葬蟲扮演著大自然的禮儀師，隨時幫我們處理這些動物的後事，我們才能每次到山上都可以聞到清新的空氣，享受大自然的美麗，您說是嗎？

紅胸埋葬蟲的體色鮮艷，遠遠就看到牠們在只剩下白骨的青蛙屍體上鑽動，看來不吃個精光是不會罷休的。

Scavenger

埋葬蟲也是鞘翅目的一員，所以飛行時會將前翅張開，給後翅足夠的活動空間。但是看到牠在飛的時候，我都會躲得遠遠的。

在陽明山國家公園的路邊觀察蝴蝶，突然聞到一股臭味，靠近一看竟然是蟾蜍的屍體，而體表上都是紅胸埋葬蟲 (Calosilpha cyaneocephala)。

咀嚼式的口器是牠們處理動物「後事」最好的幫手，可以將腐肉吃得只剩雪白的骨頭。

趨光而來的雙斑埋葬蟲，當場就交配起來。

文中提到那盞櫻花神燈下的埋葬蟲就是雙斑埋葬蟲，最重要的辨識特徵就是翅鞘上左右各有一個橙色的斑點，鞘翅蓋不住腹部，夜晚具有強烈的趨光性。

日本學者於 1937 年發表後的 70 年間沒有再出現過的中林氏埋葬蟲 (Oiceoptoma nakabayashii)，只出現在 250公尺以上的高海拔山區，大概是我運氣好才能拍到牠。

分類：膜翅目蟻科
中文名：臭巨山蟻
生態環境：中低海拔山區
體長：1 cm
口器：咀嚼式口器
食性：雜食

森林底層的管理員——

臭巨山蟻

Camponotus habereri

幼稚園時全家都住在日式的木造平房中。如果沒記錯，那房子的窗框都是木製的，在窗框的細縫中常看到螞蟻進出。我總是喜歡在窗框的軌道上放點砂糖，等著螞蟻來取食。這應該是我最早「飼養」昆蟲的紀錄吧，當然被奶奶發現後，免不了一頓臭罵。

其實我非常討厭螞蟻，因為牠們都會鑽到零食的瓶罐與包裝中，當我想要吃零食的時候，往往發現一整群螞蟻盤據在食物上，心情真的很糟。後來開始飼養昆蟲時，螞蟻也是最大的天敵。常常去上班時，飼養箱中的昆蟲還好好的，下班回到家一看，飼養的昆蟲已經被螞蟻們支解，搬回巢穴當晚餐去了，所以我看到螞蟻總會恨得牙癢癢的。

有一次在中部山區拍照，看到植物的嫩芽上有蚜蟲，心想還沒拍過蚜蟲，所以就靠近這植物，想要找個好的觀察角度。才剛看上一隻較大的蚜蟲，就發現臭巨山蟻由下面爬上來，不斷地使用牠的觸角，輕觸著蚜蟲的尾部，看到這動作時我猛然想起，螞蟻非常喜歡取食蚜蟲分泌的「蜜露」。原來這植物上的蚜蟲是牠們在照顧的「乳牛」啊。

看著這些臭巨山蟻上上下下的「照顧」著蚜蟲，其實就像是在收管理費一樣。植物提供蚜蟲住宿與飲食的方便，而臭巨山蟻就負責管理整個植物社區與「居民」，萬一這些居民的敵人，如瓢蟲或是食蚜蠅前來獵食時，臭巨山蟻就會保護蚜蟲，並且將牠們趕走。當然臭巨山蟻也不是做白工，這些蚜蟲平時都要繳交「管理費」來滿足「管理員」。這樣一個小小的區塊，就能看到循環不息的生態連結，大自然維持平衡的方式，真是值得我們好好學習。

SCALE 1:1
臭巨山蟻實際尺寸

臭巨山蟻工蟻正在照顧卵及幼蟲。

大頭家蟻屬的這種螞蟻，喜歡豢養蚜蟲或是介殼蟲，因為牠們分泌的蜜露是螞蟻最喜歡的食物之一。

臭巨山蟻蟻后與剛羽化的工蟻正在建立新的帝國。

長腳捷蟻屬於雜食性的種類，不要看牠六肢細長，群起圍攻的力量，連小型昆蟲殺手的蠅虎都不是對手。

某種巨山蟻的臉部特寫，在某個程度上可以把它當成海盜旗上的骷髏標誌。

體型袖珍的雙針家蟻 (Pristomyrmex sp.) 常使用「蟻」海戰術，不管對手再強大都可以將牠分解後帶回巢穴。

底棲性的吉悌細顎蟻 (Leptogenys kitteli) 非常兇猛，肉食性的牠們尾部還有螫針。天牛活生生被牠們吞食。

分類：蜚蠊目光蠊科
中文名：卡氏麻蠊
生態環境：低海拔山區
體長：3~4 cm
口器：咀嚼式口器
食性：雜食

真正的台灣蜚——

卡氏麻蠊

Rhabdoblatta karnyi

一般人在居家環境中看到蟑螂，多半是嚇得「驚聲尖叫」，或是跑給牠追，說實話，我也一樣。尤其是遇到大型又會飛的美洲蟑螂，除了閃一邊去之外，我真的完全沒有抵抗的力量。追究蟑螂讓人討厭的原因，不外乎是牠的外形與動作，還有牠爬過的地方，會留下難聞的氣味；加上牠活動的區域都是下水道與陰暗潮濕的角落，身上容易帶著細菌或是過敏原。綜合以上的原因讓大家對牠印象不佳，彷彿只要家中出現蟑螂，就是不注意環境衛生的象徵。

其實台灣有許多原生蟑螂（蜚蠊），不像這些外來的種類，總是佔據著我們的居家住所，並且帶來許多生活上的困擾。這些原生的「台灣蜚」崇尚自然的野外，在中低海拔的山區棲息著不少種類。有很特別的矮小圓蠊，遇到危險時會捲曲成球狀；還有外形很像三葉蟲的東方水蠊，喜歡躲在枯木或樹皮的裂縫中。而我最喜歡的種類是卡式麻蠊，牠在山區的溪流邊比較容易被發現，若蟲常喜歡潛行到水中。因為體色外觀都與枯葉非常的相似，除非牠爬在綠色的樹葉上，或是剛好在明顯的地方活動，不然想要觀察牠，可能需要多花點時間找尋。

朋友問我為什麼會喜歡卡氏麻蠊？我都會回答：「沒有臭味，長相不噁心（至少我這樣認為），生態很有趣，因為雄蟲會對著雌蟲跳求偶舞。」還有牠們也是大自然的清道夫，在山林草地間與其它的物種一起維繫生態的平衡。講了這麼多，或者應該說，我喜歡的是「台灣蜚」，這樣會更清楚吧！

Scavenger

若說台灣的蜚蠊要選美，台灣紋蠊 (Paranauphoeta formosana) 的花紋應該可以幫牠拿到不少分數。

卡氏麻蠊是台灣的「原住民」，因為牠生活在森林的底層，所以身上的花紋像極了枯葉，以我與友人長期觀察的經驗，牠們身上的花紋顏色有深淺的差異。

蜚蠊的重要辨識特徵就是牠的前胸背板會蓋住頭部，若從牠的背後觀察是看不到臉的。還有觸角細長如絲，會不時擺動。

一般人對蜚蠊的印象不好，就是因為牠的行為模式都在暗處，而且牠的動作給人偷偷摸摸的感覺，就像圖中的卡氏麻蠊只露出半個頭，好像在偷窺一樣。

這隻土蠊 (Margattea sp.) 晚上在葉片上活動，撿食有機碎屑，雖然體型很小，但也算是很盡責的清道夫。這種體色透明的蜚蠊蠻討人喜歡的。

蜚蠊腹部末端的兩根尾毛是非常重要的感覺器官，它對空氣的流動非常敏感，當你看到牠並舉起拖鞋的同時，牠就已經感覺到那股流動的「殺氣」，通常還來不及出手前，牠早已逃之夭夭了。

台灣麻蠊 (Rhabdoblatta formosana) 雖然顏色較為樸素，但是論氣質一點都不輸給卡氏麻蠊。夜晚在山區常有機會看到牠停在葉面上。

分類：鞘翅目龍蝨科
中文名：點刻三線龍蝨
生態環境：水田或低海拔水塘
體長：2.2~2.5 cm
口器：咀嚼式口器
食性：肉食

點刻三線龍蝨

Cybister tripunctatus

陸海空三棲的特種部隊——

我從事精品業務好幾年，一直都埋首在工作中，在一個偶然的機會裡，又開始回頭想要接觸生態。小時候釣魚的小池塘與山坡上追逐蝴蝶的苗圃，現在都已經分別蓋了高樓與別墅。要到哪裡去找昆蟲？就變成一個大課題。還好木生昆蟲館的余麗霞大姐給我建議，先去外雙溪逛逛吧！那裡的昆蟲生態還不錯，時間對了會有鍬形蟲喔！我當晚就出發前去。

一路上找尋著路燈，希望能看到睽違已久的甲蟲，也許是季節過了，一直無法看到熟悉的黑色身影。正要打消念頭回家休息時，在路燈旁的暗處，看到了一個在地上爬行的小黑影。我抱著最後的希望向牠走去，咦？這是隻甲蟲沒有錯啊！但是為何長得這麼奇怪，後來才知道這種甲蟲的名字叫做「點刻三線龍蝨」。

其實台灣的龍蝨數量不少，種類也很多，只要是未受污染的水塘河川都有機會見到。龍蝨算是陸海空三棲的特種部隊，鞘翅目的牠飛行能力不差，當水塘乾枯時，可以飛到其他的地方，尋找新的水源生活。在水中幾乎沒有天敵的牠，也算是一方霸主。講到牠的食性，我只能說，可以吃的不管死活、新鮮的、爛的通通可以下肚。我就曾在新北市三芝的水塘邊見過，明明水上浮著是一隻死掉的青蛙，身上還有蒼蠅及蛆在扭動著，為什麼還會撲通撲通地游著！？忍著那股很重的臭味走近一看，原來是水下有東西在翻滾，才讓死掉的青蛙看起來還會動。強烈好奇心的驅使下，我撿著一根樹枝，將那會動的死青蛙翻過身去，原來水下是一群龍蝨在搶食，竟然有幾隻還緊咬著死青蛙不肯鬆口。想必在龍蝨的努力之下，青蛙很快就會被清理完畢吧，水塘也會恢復原本的平靜。

Chapter 3

龍蝨是水生昆蟲，但是在水中牠無法呼吸，所以每隔一段時間就要浮到水面上換氣。

可以看到龍蝨的「嘴」有尖銳的大顎，方便在水中啃食牠的大餐。

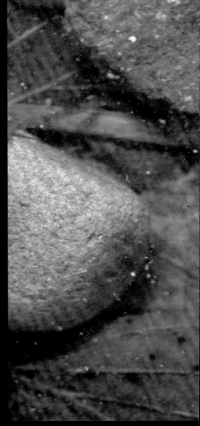

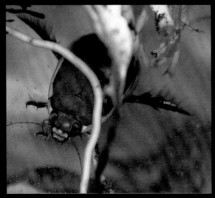

因為龍蝨具有趨光性，所以常常可以在郊區的路燈下發現，我也曾在烏來夜間觀察時看到在路燈下飛行的龍蝨。

龍蝨將空氣儲藏在翅鞘與腹部中間，所以我們可看到牠的尾部會有個氣泡。

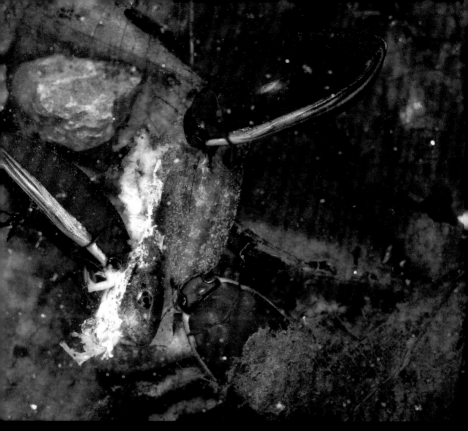

龍蝨在水中聞到食物的氣味就會「抓狂」，甚至像是強盜一樣是用搶的，圖中是龍蝨們正為了「大餐」混戰中。

龍蝨是很容易受到驚嚇的昆蟲，牠們遇到危險時，通常會躲藏在水中的掩蔽物下，或是鑽到泥土中。

南台灣的田邊小水溝中發現太平洋麗龍蝨 (*Hydaticus pacificus*)，牠們生長在底部為泥質的水塘，體型雖然小，但是凶悍的程度絲毫不遜於大型的龍蝨。

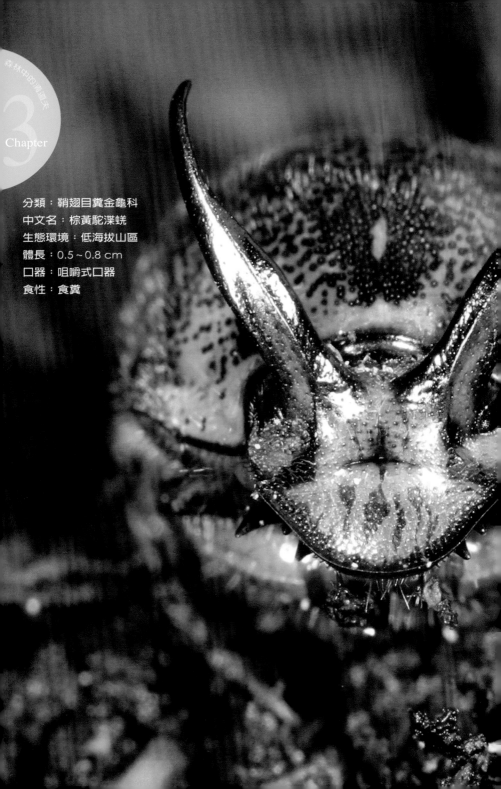

3
Chapter

分類：鞘翅目糞金龜科
中文名：棕黃駝漤蜣
生態環境：低海拔山區
體長：0.5～0.8 cm
口器：咀嚼式口器
食性：食糞

棕黃駝渫蜣

最稱職的清道夫——

Onthophagus luridipennis

　　古代的埃及人將糞金龜視為太陽神的化身，稱之為「聖甲蟲」。這名稱的由來主要是因為糞金龜將動物的糞便搓成圓形，並將「糞球」推到巢穴中。古埃及人認為糞金龜推動糞球的過程，是引領著太陽的運行，所以牠就這樣被神格化了。

　　最近幾年與埃及探險有關的神怪片，都將聖甲蟲安排到劇情中。聖甲蟲在片中扮演了恐怖的配角，專門吃人吸血，把糞金龜的形象扭曲得有點詭異。實際上糞金龜在大自然的環境中，可是扮演著另一種神聖的角色，牠可是專門清理各種動物排泄物或屍體的分解者，因為牠們的幼蟲是以這些大自然的「廢棄物」為食。糞金龜會將這些「廢棄物」整理成圓形的糞球，然後推到牠預先挖好的地洞中或是巢穴裡，以確保蟲寶寶孵化後，能有足夠的食材可以健康長大。

　　要當這類「廢棄物」的清道夫，嗅覺一定要夠好，不然可搶不到新鮮的「食材」。我就曾經在台北近郊的山區觀察過，一隻野狗剛把「熱騰騰」的「好料」排出，沒一會兒就聽到嗡嗡的振翅聲，原本以為是虎頭蜂來了，回頭一看，原來是剛好在附近的糞金龜，一聞到新鮮的「香味」，馬上就飛奔而至。

　　趁這機會再分享個好笑的故事。有一次與幾位好友到山上採集，其中一位不知道早餐吃了什麼，一路上屁放個不停，到了山上還是一樣，我們要求他到樹林中挖個散兵坑，趕快「解放」一下。只見友人三步當兩步跑到樹林的暗處蹲了下來，而我們繼續在林道上聊天。突然聽到友人大叫：「有沒有人要糞金龜的？」當我們還搞不清楚狀況時，只見他邊拉褲子，手上抓著兩隻糞金龜跑出來說：「這是剛抓到的喔！」。想當然爾，我們馬上跑給他追啦！

SCALE 1:1
棕黃駝渫蜣實際尺寸

其實夜間觀察時常有機會在沒有路燈的地方，看到糞金龜停在葉面上發呆。

在大雪山林道發現新鮮的排遺，有隻糞金龜在「裁切」牠所需要的份量，以作為幼蟲的食物。(圖為踉蹡衍裸側蜣 *Paragymnopleurus ambiguus*)

就是這推糞的動作，讓埃及人認為牠是推動太陽行的神聖昆蟲。

棕黃駝渫蜣的雌蟲在牛糞上鑽出許多隧道，這樣的景象只有在野外才有機會看到。

棕黃駝渫蜣的雌蟲頭上的角不像雄蟲那般發達，這是辨別雌雄最簡單的方法。

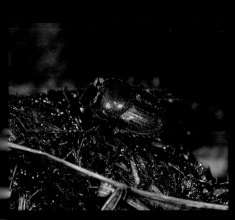

體型嬌小的普羅駝渫蜣（Onthophagus proletarius，或稱為紅斑黃金龜）也在牛糞上找最「下手」的地方。

糞金龜的標準體型就像是這樣「圓圓胖胖」的。（圖為戴渫蜣 Onthophagus tragus）

分類：長翅目蠍蛉科
中文名：斑翅蠍蛉
生態環境：中低海拔山區
體長：2.5~2.8 cm
口器：咀嚼式口器
食性：雜食

傳說中的火星人——

斑翅蠍蛉

Panorpa communis

一般人對蠍子的印象，多半把兇狠、陰暗、劇毒、可怕聯想在一起。但是有一種昆蟲，外表長得非常奇特，有著又細又長的觸角，巨大的複眼配上比馬還要長的臉型，簡直就像是科幻小說中的外星人一樣，身後的翅膀還有著美麗花紋。除了以上的特色之外，牠竟然還擁有與蠍子相似的尾部！這樣奇特的組合，到底是什麼樣的生物呢？這就是本篇要介紹的蠍蛉。

蠍蛉這種昆蟲，通常會出現在低海拔山區，只要是較為潮濕、陰涼的樹林下，常能發現牠悄悄地停在葉子上，清理著臉部及手腳。雄蟲的尾部特化成蠍尾狀，仔細觀察尾部時會發現，這其實是雄蟲的生殖器官，不像蠍子是用來捕食獵物的工具。蠍蛉還是一種浪漫的昆蟲，雄蟲會準備好燭光大餐，等待雌蟲的降臨，一起度過浪漫的約會喔！

有一回在烏來山區探訪蘭花，循著原住民留下的獵徑痕跡，仔細找尋可能出現蘭花的角落，不經意地發現有隻蠍蛉在樹下的落葉堆中活動。牠那奇特滑稽的外觀，吸引我低下身子去觀察。原來落葉上有小型昆蟲的屍體，而這隻蠍蛉正使用吻部下端的口器舐食。因為很少有機會看到這類昆蟲取食，所以我馬上將微距鏡頭裝好，將這個特殊的畫面記錄下來。拍照的時候，蠍蛉的前足突然以人類進食的方式將昆蟲的殘骸端起，而那拉長的臉部就像是吸管一樣，整個插入殘骸裡攪拌，然後才開始享受著美味的大餐。這時在一旁的我看得目瞪口呆，沒想到蠍蛉拉長的臉部，在猶如外星人特異的外觀下，竟然還有這樣擬人化的取食行為。能記錄到這樣的畫面，就算是沒有找到蘭花，我也已經心滿意足了。

持續觀察的過程中，牠好像吃得不過癮，還將殘骸「捧起」，再把口器整個插到殘骸中大口享用。

蠍蛉名稱的由來就是雄蟲尾部特化之後的生殖器，由側面看起來是不是像蠍子翹起來的尾巴？

書上的資料都記錄蠍蛉以昆蟲的屍體為食。偶然間發現蠍蛉在進食，馬上趴到地上觀察。

原先只舔食一旁汁液的牠，突然將昆蟲的殘骸叼起，讓我嚇一大跳！

潮濕的森林底層常可見到蠍蛉停在植物上不停地將翅膀開闔，好像在展示自己。

這隻雌蠍蛉在葉子上撿食不知名的物體，仔細看了以後覺得，有可能是植物腐爛的花或種子。

台灣的蠍蛉種類超過 40 種，一般人很難分辨牠的種類，只有依靠翅膀上的圖案才能略知一二。

我是假面超人

Masked

每逢假日帶家人逛百貨公司時，
兒子總是喜歡在玩具區流連，也總是站在相同的展示櫃前面，
因為櫃上所擺放的都是卡通中的超人玩偶。
我媽媽說這一點跟我小時候簡直一模一樣，
從小就喜歡當「超人」。

兒子在家中常常會把我珍藏的「百寶箱」從床下翻出來，
箱中放著小時候最愛的漫畫與玩具。
但是他只會拿出「假面騎士」，然後將怪獸交給我，
要我陪他玩「假面騎士決戰怪獸」的遊戲，由他扮演正義的一方，
而我就是扮演反派的角色，有時還需要我的太太與媽媽來加入「戰局」，
連我不良於行的奶奶都可以在輪椅上扮演「大魔王」的角色。
由此可見小朋友對於這種角色扮演遊戲的熱衷。

記得小時候，玩具與卡通不像現在有那麼多樣的選擇，
而且當時資訊的取得也不像現在那麼便利，
也因為如此，小時候最受歡迎的卡通角色才能變成經典。
雖然說那時對於昆蟲已有簡單的認知，
但是也很少聯想許多卡通或是電影中的角色，
其實就是根據常見的昆蟲所創造出來的。

本章所介紹的昆蟲，都是當時卡通或電影中極具知名度的主角。
在現實中，這些昆蟲的外形都各具特色，如獨角仙頭上長了一支大犄角；
螳螂超大的複眼，或是蝶蛾翅膀上美麗的顏色與圖案。
這些特色都是創作者的參考因素，
甚至昆蟲的生態行為也被誇大後放入卡通的劇情中，
成為主角的秘密絕招，專門用來打擊邪惡的力量。
雖然這些卡通人物與故事都是杜撰的，但是由此可知我們身邊的小昆蟲，
被重新創造後的豐富與多樣，牠們除了在劇中維護正義、打敗壞蛋外，
在人類現實的生活中，昆蟲們也循著季節時序的變換，
一代接著一代努力維護著自然生態的平衡。

在我的心目中，牠們永遠都是保護地球生態的「假面騎士」。

分類：直翅目蝗科
中文名：台灣大蝗
生態環境：低海拔山區
體長：7~10 cm
口器：咀嚼式口器
食性：植食

好吧！為了這篇的主題，我承認小時候的我是卡通及漫畫一族，每天都沉迷在正義戰勝邪惡，主角保衛家園的故事情節中。看卡通及漫畫的習慣，一直持續到當兵退伍後才沒有再狂熱下去，但是對於當時的經典人物，卻從來沒有忘記過。

1973年是我出生的年份，也是我小學時期最喜歡的卡通人物 ── 「假面騎士V3」被創造出來的日子。雖然說經過了數十年，但是只要我與5、6年級的朋友們聊天，談到小學的這段日子，就絕對離不開超人力霸王(鹹蛋超人)與假面騎士的話題。由這些卡通的主要人物不難發現，許多經典的造型其實都是我們身邊隨時可以發現的昆蟲或動物。

細看假面騎士歷來各個主角的臉部造型，大部分是來自於常見的昆蟲，關於這點，我心中非常佩服這些主角的創造者，讓我們身邊平凡無奇的昆蟲，變成拯救世界的正義化身。

假面騎士V3的臉部與台灣大蝗蟲最為相似，兩個超大的複眼在面具的左右兩側，蝗蟲口器的造型及觸角，在主角人物的創造過程也沒有被遺忘，十足的反映出蝗蟲的特色。一年一個世代的台灣大蝗，常見於平原至低海拔山區，主要食草為禾本科的植物，是台灣蝗蟲當中體型最大的種類。小時候我都會在六張犁的山邊（現在是富陽生態公園），找尋各種可以飼養的動物。其中，對於台灣大蝗是又愛又恨，因為牠的體型夠大，顏色又漂亮，再加上假面騎士V3的「加持」，在芒草上看見牠時，總希望可以把牠放進餅乾盒中(那時沒有飼養箱)。但又怕被牠那強壯又長滿棘刺的後腿踢到。因為我就看過同行的小朋友，在抓牠的時候被踢了一腳，結果馬上就破皮流血了。那位小朋友嚎啕大哭的樣子，至今我還難以忘懷。以後如果大家要觀察台灣大蝗時，請務必小心地那強壯的大腿喔！否則一不小心被踢到，那可就是一排冒血的傷口了！

台灣大蝗

Chondracris rosea

the face book
of insects in taiwan
095

台灣大蝗主要出現的季節在夏末秋初，是台灣最大型的蝗蟲。這隻被我嚇到的大蝗，竟然掛在植物的莖上做起「拉單槓」的動作長達一分鐘。

牠的側面真的很像假面騎士 V3 圍著領巾的樣子只差沒有「變身」給您看了。

頭部側面的複眼下方有一條明顯的黃色縱紋。圖中可以看出雌雄的比例。

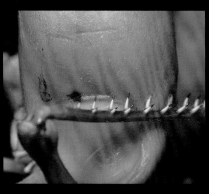

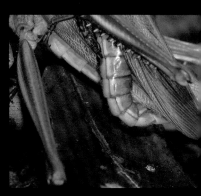

台灣大蝗的後腿長滿尖銳的棘刺，抓牠的時候一不小心就被踢「爆血」了！那刺還插進我的皮膚中。

雄蟲的腹部會由左下方與雌蟲進行交配，蝗蟲的配姿勢都是如此，我們稱之為「八字型交尾」。

交配中的台灣大蝗。雄蟲的體型
比雌蟲小，牠用前腳抱住雌蟲的
頭部看起來非常滑稽。

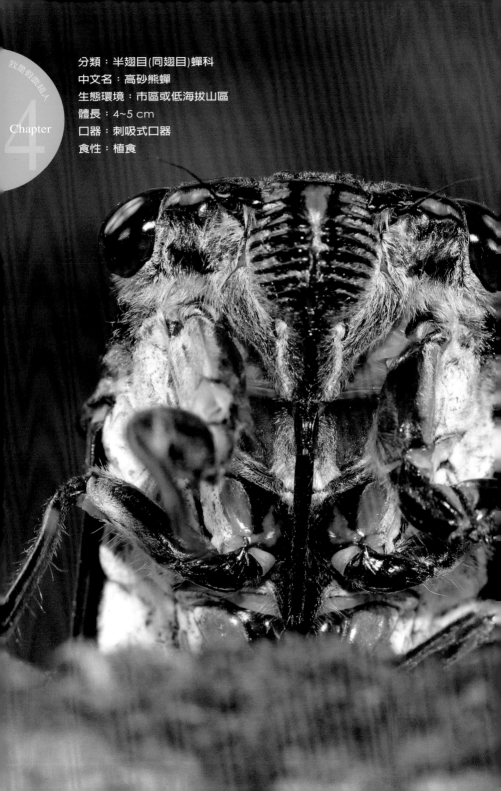

Chapter
4

分類：半翅目(同翅目)蟬科
中文名：高砂熊蟬
生態環境：市區或低海拔山區
體長：4~5 cm
口器：刺吸式口器
食性：植食

高砂熊蟬

Cryptotympana takasagona

盛夏的午後，我與伙伴們帶著5元來到大馬路上的文具店，向老闆買黏蒼蠅的貼紙。還記得那貼紙拉開後，裡面是像柏油般黏稠的強力膠。將一組25元的三節竹釣竿組合好之後，把竿子最前端的那節放到貼紙中，將貼紙合起來後再用力將竿子拉出，前端就沾滿了強力膠，這就是小時候抓大黑蟬（高砂熊蟬）最厲害的武器。我想前述的經驗，應該是很多5、6年級生小時候的共同回憶吧！

另一個回憶與這大黑蟬可是息息相關。大家耳熟能詳的鹹蛋超人，其實是小時候最流行的人型卡通「超人力霸王」。其中有個經典的大反派，牠的外形讓我一看就想起「大黑蟬」。這位大反派的武功絕佳，擁有分身術與隱身術的特技，雙手的外形像螃蟹的螯一般，打開後可以發出定身術或是颶風，胸部盔甲也能發出反射光線。當牠巨大化後，整體的破壞力更是驚人，常常讓超人力霸王吃足了苦頭，這位力霸王最著名的勁敵，就是來自Ａ惑星的宇宙忍者「巴爾坦星人」。

仔細回想一下牠的臉型，跟熊蟬的臉簡直就是一模一樣。頭上Ｖ字造型，讓人印象深刻。在那巨大的雙眼下是長得像呼吸器的鼻子，而蟬的刺吸式口器，在巴爾坦星人的臉上，就像是外星人的呼吸管一般。日本古時候的忍者，常常躲在水中，然後利用芒草空心的莖伸出水面呼吸。剛好巴爾坦星人又是宇宙忍者，我想當初的作者應該也是來自於這樣的聯想，才能創造出一個傳奇又經典的卡通人物。

蟬的生命不是只有短短的一個夏季，牠的幼生時期都在地底下度過，等著時間到來，
好爬出地面展開「大鳴大放」的生活。羽化中的高砂熊蟬就像是藝術品般美麗。

剛羽化完成的高砂熊蟬還沒有定色，頭上的三個單眼如珍珠般閃閃發亮。

頂著炎熱的太陽，牠邊吸食樹木提供的免費「果汁」。在牠的下方觀察時要注意，牠灑落的排泄物。

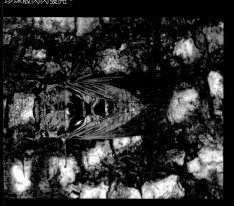

高砂熊蟬是都市中最常見到的種類，夏天時公園或社區的行道樹上常常可以發現牠們碩大的身影。

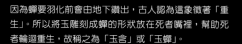

自然界中蟬的天敵不只有鳥類或其他獵食性的動物，菌類也在伺機行動。圖中為被綠僵菌寄生的熊蟬。

因為蟬要羽化前會由地下鑽出，古人認為這象徵著「重生」。所以將玉雕刻成蟬的形狀放在死者嘴裡，幫助死者輪迴重生，故稱之為「玉含」或「玉蟬」。

分類：鱗翅目天蠶蛾科
中文名：紅目天蠶蛾
生態環境：中低海拔原始林
體長：3.5~4 cm
口器：已退化
食性：成蟲不取食

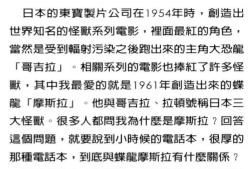

紅目天蠶蛾

Antheraea formosana

巨大翅膀的蝶龍摩斯拉——

日本的東寶製片公司在1954年時，創造出世界知名的怪獸系列電影，裡面最紅的角色，當然是受到輻射污染之後跑出來的主角大恐龍「哥吉拉」。相關系列的電影也捧紅了許多怪獸，其中我最愛的就是1961年創造出來的蝶龍「摩斯拉」。他與哥吉拉、拉頓號稱日本三大怪獸。很多人都問我為什麼是摩斯拉？回答這個問題，就要說到小時候的電話本，很厚的那種電話本，到底與蝶龍摩斯拉有什麼關係？

還記得住在六張犁時，走過墳墓山的那頭是台北醫學院，山坡中間有個警衛亭，晚班的外省老伯伯非常慈祥熱心，因為沒有子嗣，所以很喜歡小朋友，常常對我們噓寒問暖，也會請我們吃點心。他知道我喜歡昆蟲，所以都會在路燈下幫我抓蟲，遇到大型的蛾類，老伯伯不知道怎麼裝好交給我，又怕將蛾類的翅膀弄破，所以只要他有抓到蛾類，就會壓在當時那又厚又重的電話本中，最後一次向他拿電話本中的昆蟲，是因為我要搬家了，老伯伯知道以後紅了眼眶，叫我要記得回去看看他…。雖然我沒有再回去過，但是我的記憶中永遠記得電話本裡最後的一隻天蠶蛾，那就是紅目天蠶蛾。也是因為這樣，我對蝶龍摩斯拉有著不一樣的情感。

在電影中的摩斯拉是正義的化身，外觀上與這類的天蠶蛾非常相似，那翅膀上的眼紋更是重要的辨識特徵。在電影的劇情中，也讓摩斯拉以完全變態（卵、幼蟲、蛹、成蟲）的模式出現，與現實世界中的天蠶蛾一樣。1961年被創造出來至今，摩斯拉共拍過13部電影，由此可知受歡迎的程度，也證明大自然的各種昆蟲是最適合做為創造的題材。

蛾類的觸角像不像裝在屋頂的天線？牠的「櫛齒狀觸角」就像是天線般可以幫牠接收各種訊息。

在山區的路燈下常可看到前一晚趨光而來的紅目天蠶蛾，還停在樹枝的遮蔭處。

台灣產的天蠶蛾共有 16 種，很多種類的外觀非常相似。牠們翅膀上的眼紋可不是裝飾用的，而是非常重要的分類特徵。

雙黑目天蠶蛾 (*Caligula japonica*) 與紅目天蠶長得非常相似，最大的差異在後翅上的眼紋。雙目天蠶蛾的眼紋又大又黑。

大眉紋天蠶蛾 (*Samia watsoni*) 雖然與皇蛾（蛇頭蛾）長得很像，但是牠的數量非常稀少，只有在原始的森林才有機會遇到。

眉紋天蠶蛾 (*Samia wangi*) 與大眉紋天蠶蛾最大的差異就是翅膀上眉狀斑紋的不同。眉紋天蠶蛾眉狀斑紋較為細長，在中低海拔山區十分常見。

這是 2006 年在竹東山區留下的難忘照片。牠們在前一天晚上趨光而來停在電線桿上，數量之多讓我與友人都驚訝不已。您可以算一下照片中有幾隻天蠶蛾。

分類：直翅目菱蝗科
中文名：平背刺翼菱蝗
生態環境：低海拔山區
體長：2~2.5 cm
口器：咀嚼式口器
食性：植食

平背刺翼菱蝗
Eucriotettix oculatus
我的臉就是卡通——

　　蝗蟲的種類那麼多，我也記不清楚什麼時候開始，對菱蝗這一類群產生興趣，唯一的關聯，我只能想到假面騎士。的確，假面騎士中的角色，都是由我們身邊的動物所設計出來的。在第一代的角色中，除了電波人（瓢蟲）及亞馬遜騎士（蜥蜴）外，其他的假面騎士都可以看到蝗蟲的影子。因為這影片實在太受歡迎，也證明了蝗蟲另一種無遠弗屆的「魅力」。

　　菱蝗這個類群其實非常不起眼，是因為牠的體色與棲息的環境顏色相似，所以不容易被發現？或是體型太小，而無法引起別人的注意？常常到了山邊的潮濕地或是溪流旁的沙灘上，我都會注意到一些小型的昆蟲突然從身邊飛起，然後就在背景中「隱藏」起來。每當我想要仔細找尋牠們時，就只能向前跨一步，靠著牠們受到驚嚇，再度飛起時將牠們「定位」。雖然這樣的方法比較麻煩，卻是非常實用。

　　說到觀察菱蝗的生態，比較特別的是，很少有機會可以看到牠們進食的畫面，我甚至直接躺在路面上，「舉」著相機想要拍攝這樣的照片，等了一整個下午，只看到牠們停著不動，或是吸點水，什麼動作也沒有。我也曾多次在特別的環境中觀察，因為牠們棲息的地方說不上潮濕，甚至可以用乾燥來形容，這與我們平常時所看到的有些不同，加上體色與身體上的斑紋也有差異，照理說應該是不同種的菱蝗。不過，相關的分類資料實在很少，光是想要鑑定種類，就搞得一個頭三個大。還好國科會在各大學相關科系推行「數位典藏計畫」，讓很多珍貴難找的資料變得「有跡可循」，這可是我們喜愛自然觀察者的大福音，讓以後鑑定物種不再是個惡夢。

這隻刺翼菱蝗「橫眉豎眼」瞪著我，好像在抗議什麼？

不同種類的菱蝗，臉部的表情也不盡相同，平背刺翼菱蝗的臉看起來非常憨厚可愛。

雖然常常在野外觀察菱蝗，但是對於牠的食性還是不甚了解，圖中的平背刺翼菱蝗看起來是在啃食石頭上的苔蘚。

這隻平背刺翼菱蝗停在被踩扁的非洲大蝸牛上大嚼肉，旁邊雖然有其它菱蝗，但是並未靠近取食

相同的菱蝗也會出現不同表情，一樣是棘菱蝗，牠的表情看起來就沒那麼兇惡，反而像是個好奇寶寶。

辨識菱蝗最簡單的方法就是從牠的正上方看，只要看起來像是菱形的就是牠了。

在蓮林場的步道旁非常容易發現菱蝗的蹤影，牠們剛好正交配中，可以看出雄蟲的體型比雌蟲小。

菱蝗是一種非常容易受到驚嚇的昆蟲，所以觀察時動作要放很輕，越慢越好。圖中的蓬萊刺翼菱蝗原本在啃食

分類：鞘翅目兜蟲科
中文名：獨角仙
生態環境：低海拔山區
體長：5~8 cm
口器：咀嚼式口器
食性：植食

最強的昆蟲王者——

獨角仙

Allomyrina dichotoma

　　以前曾經風靡台灣中小學生的甲蟲王者電動遊戲機，故事的主角是一隻獨角仙，他要聯合森林裡的伙伴，打倒由世界各地來破壞生態的敵人。每次到了假日，有擺放這類機台的店家總是門庭若市。家長帶著小朋友一起來玩，還可以收集各種絕招卡片。雖然這個遊戲在兩年前因為甲蟲的熱潮結束而跟著停止，但是當時的盛況依舊讓人記憶猶新。

　　對我而言，我所看過的卡通人物才是真正經典。早期假面騎士另一個知名主角「強人」，體內裝置有高性能的發電裝置，可自由運用各種電氣來攻擊敵人，而牠那帥氣的頭盔外形，就是以獨角仙的頭部為範本所創造出來。雖然我常認為強人的頭部造型，除了獨角仙以外，眼睛的部分還有無霸勾蜓的影子，但是頭盔上的犄角造型，才是整個人物的重心，也正是大家喜愛獨角仙的重要特色。

　　另一部我從國中時期開始看的漫畫「強殖裝甲」，已經過了20多年了，竟然還沒結束。漫畫中的大反派，超獸化兵五人眾之首「傑多」，也是以獨角仙的外形創造出來的。除了頭部的犄角巨大誇張外，身上的盔甲也完全與獨角仙一模一樣。由漫畫一開始到現在（如果沒記錯，目前出到第28集了），他的另外四名隊員早就被消滅殆盡了，只有傑多不斷進化而越來越強。由這裡可以看出，傑多足以代表獨角仙在讀者與作者心目中的王者地位。

　　除了上述的經典漫畫卡通外，許多日本卡通中的英雄角色，也都是以獨角仙的外形作為創造基礎。只因為獨角仙在昆蟲中，除了那不懼其他侵略者攻擊的個性外，最受大家歡迎的，當然就是那雄壯威武且富有魅力的外形。

這是獨角仙的嘴部，毛刷狀構造的功能相當於人類的舌頭，旁邊「小顎鬚」是用來感覺食物的味道。

由側面可以明顯看到獨角仙頭部的大型犄角，及胸部上方的小型犄角，這可是牠最具有魅力的特徵。

夏天一到，各種昆蟲都會在這裡出現，這是一棵獨角仙最喜歡的光蠟樹（白雞油），上面聚集了各種胡蜂、蛺蝶，還有螞蟻在開派對。

獨角仙雄蟲對雌蟲的佔有慾非常強烈，牠會將「樹汁大餐」留給雌蟲吃，並且在旁邊保護；遇到其它雄蟲企圖接近雌蟲時，會毫不猶豫地大打出手。

一支小小的樹幹上聚集了 5 隻獨角仙，體型最大的獨角仙佔領了比較好的進食位置，小型的獨角仙只能在旁邊等待機會。

獨角仙果然是昆蟲王者，連最毒最兇惡的黑腹虎頭蜂都

打贏的那方擁有雌蟲的交配權與「樹汁大餐」的享用權

分類：鞘翅目瓢蟲科
中文名：小十三星瓢蟲
生態環境：中低海拔山區
體長：0.8~1 cm
口器：咀嚼式口器
食性：肉食

小十三星瓢蟲

Harmonia dimidiata

台灣豐富的昆蟲多樣性是舉世聞名的，其中單是瓢蟲的種類就有將近200種，而且一年四季都有機會遇到牠們在綠葉間穿梭。如果想要推舉一種大家都會喜愛的昆蟲，顏色美麗、外形可愛的瓢蟲，我想絕對可以入選前五名吧！因為瓢蟲可是連女孩子看到都會喜歡的昆蟲！

會把瓢蟲放到假面騎士這一個主題中，實在是因為有一個「人物」非介紹不可，這可是假面騎士創造至今唯一的女性角色，就是電波人「塔克爾」（Tackle）。她的外形完全就是將瓢蟲擬人化，頭上戴的帽子也是瓢蟲最標準的花色。電波人在劇情中與假面騎士強人搭擋，飾演一對情侶。雖然出現的時間很短，而且最後為了保護強人而犧牲，但是她經典的瓢蟲造型，一直深深印在我的腦海中，只要看到瓢蟲就會想到電波人。

小時候對於瓢蟲的認識真的很少，因為當時的昆蟲資訊不足，我的資訊大多來自日本的翻譯書籍。當時翻譯書籍的問題，就是文字常常「辭不達意」，或是翻譯出來的資訊根本就是錯誤的。那時常將瓢蟲帶回家飼養，天真的以為只要在箱子旁邊打洞，讓箱子中有空氣再放進樹葉或是水果，瓢蟲就會快樂的生活在其中，但最後的結局總是讓自己非常氣餒。後來才知道，那麼可愛的瓢蟲還分成肉食性與植食性兩類，最簡單的分辨方式就是，肉食性的瓢蟲，成蟲的鞘翅光滑如烤漆般明亮；而鞘翅上長滿細短白毛呈霧面的則是植食性的瓢蟲。

還記得以前在住家旁的公園常常可以見到各種瓢蟲，現在卻要靠近山區才有機會觀察牠們。在提倡環保與生態的今日，希望這樣可愛的小精靈，不要離我們越來越遠才好。

SCALE 1:1
小十三星瓢蟲
實際尺寸

瓢蟲常常會在葉面上化蛹，與原先幼蟲醜陋的形象相比已經有了 180 度的轉變。

身體像是中世紀歐洲淑女穿的「膨膨裙」，也是英文名 Lady bug 的由來。（圖為小十三星瓢蟲）

正在捕食蚜蟲的瓢蟲幼蟲。六隻長腳配上外形詭異的身體，看起來實在很不討喜，很多朋友不相信可愛的瓢蟲小時候竟然如此醜陋。

瓢蟲的食性分成植食與肉食兩類，圖中瓢蟲身上的斑紋類似植食性的瓢蟲。

這隻剛起飛的瓢蟲正準備飛到朋友的手電筒上，由此可知牠們在夜晚也具有趨光性。

赤星瓢蟲 (*Lemnia saucia*) 體色亮黑，加上兩個大紅斑，牠那羞澀的表情讓人無法想像牠是蚜蟲的大殺手！曾有研究單位試圖大量繁殖牠以作為農業生物防治之用。

很多植食性的瓢蟲身體表面都有細短的絨毛，取食植物的嫩莖與葉片。（圖為茄二十八星瓢蟲 *Henosepilachna*

昆蟲之
狐假虎威

Bluf

小時候聽過一個故事，森林中有一隻威猛的老虎捉到一隻狐狸，
當老虎張開血盆大口，要把狐狸吞到肚子裡的時候，
狐狸突然說話了：「可惡！你的膽子真大，竟然敢這樣對我！
不要以為你是森林中的百獸之王，老實告訴你，
我可是神仙派來管理森林裡的動物，你要是吃了我，將會受到極為嚴厲的懲罰。」
老虎半疑半信地說：「真的嗎？你不要騙我喔！」
狐狸又大聲說：「你如果不相信我說話，可以跟在我後面，
在森林裡逛逛，看看有誰不馬上躲起來的？」
老虎聽了以後，覺得這個辦法很好，就跟在狐狸的後面。
果然，遇到的動物遠遠看見狐狸走來，都以飛快的速度逃命。
老虎看了，還真以為大家都怕狐狸呢！
這個故事就是成語「狐假虎威」的由來。

還記得國中時班上有一位同學，雖然身材瘦小但是學業成績很好，
也因此成了少數惡霸同學的壓榨對象，常要他幫忙寫功課。
有一天放學時看到這位同學與兩位警察先生在講話，
後來那些惡霸同學就再也沒有找過他的麻煩了。
我好奇的問了那位同學是怎麼回事？
他說：「那天的警察是來感謝我撿到他們同事的皮夾，
但是我告訴那些惡霸同學，那些警察是我的堂哥…」。
我想，這也算是生活中的「狐假虎威」吧？
雖然這樣的劇情在現實生活中不一定可以遇到，
但是在大自然的昆蟲界可是時時刻刻都在上演的。

昆蟲的演化歷經好幾億年，在適者生存的規則之下，
許多生物被淘汰了，但是存活下來的物種，
經過嚴苛的競爭，在逃脫了各種可怕的致命危機下，
發展出一種以「狐假虎威」的方式過生活。
其中有些種類只是在演化的過程中，單純的與某種動物長相類似；
或者是為了威嚇敵人而發展出特異的花紋與圖案；
更多的昆蟲則是靠著模仿有危險性的昆蟲，
藉以躲避天敵的捕食而生存下來，這種方式稱為「貝氏擬態」。

昆蟲的「狐假虎威」到底有多厲害、多有趣、多神秘，在這個章節中與大家分享。

the face book
of insects in taiwan

分類：鱗翅目天蛾科
中文名：長喙天蛾
生態環境：低海拔山區雜木林
體長：3.5 cm
口器：曲管式口器
食性：植食

長喙天蛾

Macroglossum sp.

　　小時候我住在台北市，每逢周六的早上，奶奶都會帶著我與弟弟到圓山飯店的後山去運動。奶奶與熟識的姨婆們一起聊天、喝茶、嗑瓜子，我與弟弟則開始探險之旅。說得好像很危險，其實不過就是在附近的羽球場周邊活動。那時旁邊種植非常多的馬櫻丹，上面有很多昆蟲在覓食，通常都是各種蝴蝶與蜜蜂，偶爾會發現青銅金龜在啃食馬櫻丹的葉片，光是這些昆蟲就足以讓我們度過快樂的「探險」時間。

　　這次來到羽球場，我還特別帶了一支捕蟲網，想要撈看看有沒有蚱蜢或是蜻蜓。馬櫻丹的花朵上一樣是各種蝴蝶在飛舞，眼尖的弟弟發現在樹蔭下的花叢裡，有個快速移動的物體，我與弟弟慢慢地走近觀察。當我看清楚這個以極快速度在飛行的物體時，突然想到書上記載著一種全世界最小的鳥類，飛行時會以每秒數十次的速度拍動翅膀，在花叢間覓食。

　　我興奮地告訴弟弟，我們看到寶了，這是蜂鳥耶。弟弟說：「趕快撈下來吧。」我們在一團混亂中將這隻「蜂鳥」制伏，並且打算與弟弟帶著這探險後的「戰利品」向大人們展示。但是牠在網子中沒有停下翅膀，反而更激烈地掙扎著，翅膀上的「羽毛」也一直掉落。這時弟弟向我說：「哥，牠好可憐喔，把牠放走好不好？」我的心中雖然老大不願意，但最後還是放了這隻「蜂鳥」。在牠飛走前，我注意到這隻「蜂鳥」的嘴好像與圖片上的蜂鳥不一樣。直到上了國小以後才知道，當時捕獲的「蜂鳥」其實是一種長喙天蛾，而且台灣根本就沒有蜂鳥！這些看起來像是蜂鳥一樣的蛾，在低海拔的山區很常見，下次有機會遇到牠，千萬要記住，這是長喙天蛾！不是蜂鳥！

Bluffing

天蛾家族的一員，換個角度就帶給人們截然不同的
感覺。圖中的天蛾是不是在對您微笑？

台灣產的長喙天蛾種類不少，就我自己的觀察是牠
們嗅覺很好，夜間也可以精準發現花朵的位置。

Bluffing

朋友問我，他聽說因為長喙天蛾在飛行時，從側面看起來像隻蝦子，所以有個別名叫「天蝦」。在我向研
究蛾類的朋友求證後，認為那是穿鑿附會的無稽之談。

長喙天蛾的「吸管」正式名稱為「曲管式口器」。這根吸管的長度幾乎超過牠身體的長度。

長喙天蛾的尾端有一叢像是蜂鳥尾羽的毛，也常讓人們誤以為看到蜂鳥。（圖為九節木長喙天蛾 Macroglossum heliophila）

要留下牠翅膀暫停的影像，相機的快門速度至少要 500 分之 1 秒以上才有可能。

分類：雙翅目食蚜虻科
中文名：食蚜虻
生態環境：中低海拔山區
體長：0.5~1 cm
口器：舔吮式口器
食性：植食

食蚜虻

Syrphus sp.

　　九月的烏來已經透露出秋意，在信賢步道上除了斜射的陽光外，還有徐徐的微風，讓眼前盛開的蜜源植物跟著搖擺生姿。一旁的賊仔樹也不遑多讓，花朵上都是急著採蜜儲存，等著要過冬的蜜蜂，旁邊還有些小灰蝶也努力吸食花蜜。同行的朋友說這隻蜜蜂長得好怪喔？我靠過去一看，笑著向朋友說，這不是蜜蜂啦，這是食蚜虻。

　　其實，我剛開始對食蚜虻的認識，剛開始也是這樣的。還記得剛與廖智安大哥認識的時候，我們常會一起去山區找尋鍬形蟲，這位老大哥真不愧是昆蟲本科系畢業的，專門解答我這好奇寶寶的疑難雜症。同樣的情形發生在竹東的山區，路旁很多蝴蝶在飛舞，我們就邊走邊看路旁的樹上，是否有鍬形蟲在吸食樹液。只見大花咸豐草的花朵上有不少的昆蟲在覓食，突然看到有隻蜜蜂貼著廖大哥的身上飛，還不時表演在空中靜止的飛行絕招。我喊著廖大哥說：「小心！有蜜蜂！」結果當然是被好好的教育一番，但是也因為這樣我才知道，食蚜虻與蜜蜂的差異在哪裡。

　　食蚜虻的飛行能力很強，分布也非常廣泛，只要是晴朗的好天氣，要觀察到牠並不難。由於食蚜虻的體色及外觀擬態成蜜蜂的樣子，讓很多獵食者不敢輕舉妄動。不過只要仔細觀察就會發現，食蚜虻的身體為扁平狀，一雙複眼與身體的比例來看顯得非常巨大，其實不難認出其中的差別所在。食蚜虻的成蟲是以花蜜維生，常常可以看到牠在花朵上飛翔，也因此可以幫助植物授粉。同時，因為幼生時期是肉食性，專門捕食危害植物的蚜蟲，所以牠對農業來說是非常有益的昆蟲。

Bluffing

SCALE 1:1
食蚜虻實際尺寸

食蚜虻最厲害的特技就是神奇的飛行技巧，可以像直昇機一樣在空中停留。

Bluffing

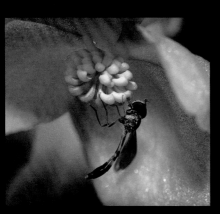

乍聽之下食蚜虻好像很兇狠，但變為成蟲後的牠只是個訪花的素食者，牠的幼蟲才真的會「食蚜」。

不只是食蚜虻擬態成蜂類，圖中的蜂虻也擬態蜂的模樣。體型輕巧的牠正在花叢間吸食花蜜，

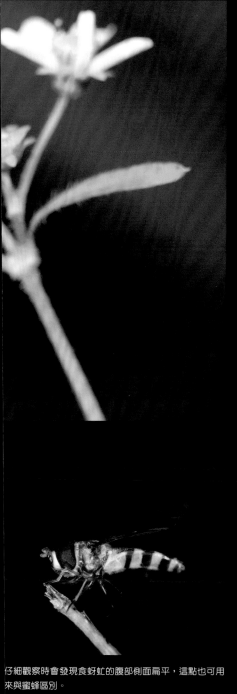

大家都知道在花叢中採蜜的蜜蜂會螫人，食蚜虻則藉由身體上的花紋擬態成蜜蜂，讓天敵不敢對牠輕舉妄動。

就是這「黑黃相間」的花紋，讓牠可以藉由蜜蜂的模樣來保護自己。

仔細觀察時會發現食蚜虻的腹部側面扁平，這點也可用來與蜜蜂區別。

其實要分辨牠們很容易，因為食蚜虻是蒼蠅的親戚，只有一對翅膀，觸角與複眼也長得不同，所以不要再被牠騙了。

分類：鱗翅目天蛾科
中文名：鬼臉天蛾
生態環境：中低海拔山區
體長：5~6 cm
口器：曲管式口器
食性：植食

昆蟲之孤寂旅程

5
Chapter

装神弄鬼的蛾——

鬼臉天蛾

Acherontia lachesis

還記得1991年當兵前夕，與現在的太太去看了一部電影，片名為「沉默的羔羊」。這部電影改編自同名小說，整個劇情緊湊、恐怖又驚悚，算是我記憶中恐怖片的經典。男女主角也因為這部電影成為當年度奧斯卡金像獎的影帝與影后。會提到這部片子，是因為它的宣傳海報讓我印象深刻，海報上印有女主角的臉，而在女主角的嘴上停了一隻鬼臉天蛾（胡麻斑鬼臉天蛾）。

台灣紀錄上有兩種鬼臉天蛾，本篇介紹的為常見種，另一種胡麻斑鬼臉天蛾則非常稀有少見。鬼臉天蛾在夏季的山區其實不難見到，白天會停在樹幹上，夜晚也常常在路燈下發現。剛看到鬼臉天蛾的時候，都會想起這部電影，心裡覺得很恐怖，但是真的接觸牠以後，會發現這種天蛾有著純真善良的個性。

每當帶著學員們作夜間觀察時，只要能遇到牠，我就會偷偷的用手指頭撥弄牠的前腳，讓牠開始移動。通常牠都會發出吱吱的聲響，然後爬到我的手指頭上停著。我會拿牠來嚇嚇學員，並且讓學員們看牠背後的圖案，這時就有人說像猴臉，也有人說是沙皮狗的臉，還有一連串的老人臉、達摩臉、狒狒臉都出來了；甚至有女學員看到以後，嚇得直喊要回家！這就是鬼臉天蛾的魅力，外表的恐怖保護了和善的天性。

很多學員都會認為長相這麼恐怖的蛾，怎麼會乖乖的停到我的手上？我是不是用了什麼特別的方法？其實教大家一個小訣竅，中大型的蛾類成蟲，個性都還算穩定，只要不是毒蛾那個類群，你都可以試試用手指頭撥弄牠的前腳，也許牠會乖乖的跟著你喔。佛說相由心生，您看了鬼臉天蛾的背部圖案以後，覺得牠像什麼呢？

牠背後的花紋看起來不像是臉部的圖案？小時候在填墓山上看到牠都會嚇得不敢動，因為覺得很恐怖。
昆蟲比較了解後才覺得牠是超可愛的一種蛾類。

由側面觀察可以發現，這圖案不只像臉部，連眉毛
、鼻子、顴骨、嘴唇的形狀都有了，真是讓人感嘆
自然生態的奇妙。

Bluffing

夜晚具趨光性的牠，白天時會躲在落葉堆中或是樹
幹的陰影處，身上的花紋剛好是最佳的偽裝，不用
心看會找不到喔。

在夜間觀察時如果光線不夠，看到鬼臉天蛾真的
有種陰森森的感覺，背後好像還有一股冷風吹過

2009 年 8 月在北部山區觀察昆蟲，當天趨光而來
的鬼臉天蛾多達十數隻，因為當時是農曆 7 月，
同行的朋友們看到牠嚇得一直說要下山了。有時
候牠受到驚嚇時會發出「嘰嘰」的叫聲，很多人
都會被這突如其來的聲音嚇到呢！

分類：鞘翅目天牛科
中文名：南山細小翅天牛
生態環境：中海拔原始林
體長：1.9~2.2 cm
口器：咀嚼式口器
食性：植食

神秘的蜂天牛——

南山細小翅天牛

Necydalis nanshanensis

我常與台灣的天牛權威周文一博士到山上採集昆蟲。閒聊時，他嘴裡的天牛經可是唸不完的。但是只有講到蜂天牛時，才可以看到他發亮的眼睛與一本正經的表情。由他的言語間知道，這是一種極為稀有，而且擬態成姬蜂的天牛。雖然我對於姬蜂並不陌生，但是怎麼也無法將姬蜂與天牛聯想在一起。我常常心想，真希望有機會可以看看這神奇的稀有物種。

這天與周博士還有另一位天牛愛好者黑豹大哥，來到位於東部的中海拔山區。因為知道現在是蜂天牛的產季，所以才特別情商充當跟班，想要會會這稀有的天牛。我們站在林道的最高點，往前望去是一整片綿延不絕的山巒及原始林，背後的殼斗科植物也都有數十公尺高。這樣的地方可以找到蜂天牛？我的心裡不免畫上了大大的問號。後來看著周博士與黑豹大哥兩人站在林道的兩側，手上都拿著配上網子的長竿，就這樣持續了數十分鐘，我也只能無聊的在旁邊拍著名為細辛的馬兜鈴科植物。

突然間周博士大叫：「來了！來了！！」看著周博士高舉著捕蟲網，來回的揮動，但是號稱眼力一級棒的我，卻是什麼也沒有看到。只聽見周博士又喊著：「有了！有了！！」將網子放下來後，我拿起早已準備好的相機，打算好好地記錄這種傳說中的天牛。黑豹大哥從網子中將天牛拿出來，放到我的面前，我看到的第一眼，不禁大嘆，這種天牛除了複眼與姬蜂不同以外，其他的部分根本完全就是姬蜂啊，多麼精緻的一種天牛！

蜂天牛是牠的俗名，全名叫做南山細小翅天牛，由背後的翅膀可以了解命名的原因，因為前翅已經特化得非常細小，變成像鱗片一樣，完全無法蓋住內翅。我在拍照時發現，這種天牛除了外觀擬態成姬蜂的樣子外，當牠被捕獲時腹部還會像姬蜂一樣，做出螫人的動作。要不是有周博士這樣專門的研究人員，我可能永遠都沒有機會接觸到這樣神奇的蜂天牛。

蜂天牛在海拔 1000 公尺以上的山區活動，有時天氣太冷或是下雨，牠們會躲在樹皮或樹葉背面，等待太陽照射溫度升高後再出來活動。

這類擬態姬蜂的天牛大部分會在天氣晴朗的時候造訪殼斗科的花朵，主要以花蜜及花粉為食，有時也會吸點水。

Bluffing

不管是觸角或是細長的腹部，都與寄生蜂家族的姬蜂非常相似。

這是另一種更稀有少見的蜂天牛─平山細小翅天牛 (Necydalis hirayamai)。牠們只生活在中海拔

在台灣只有極少數人看過的傳說天牛—水沼細短翅天牛（*Necydalis mizunumai*），除了珍貴以外還是珍貴！

平山細小翅天牛在啃咬朽木，目前還無法得知這是牠的習性或是想要產卵？

南山細小翅天牛是極為珍貴的稀有昆蟲，因為牠的外觀及飛行姿勢擬態成姬蜂，如果不是專業的研究人員，很難分辨牠與姬蜂的不同，所以牠還有個別名叫作「蜂天牛」。

分類：脈翅目螳蛉科
中文名：銅頭螳蛉
生態環境：中低海拔原始林
體長：2~3 cm
口器：咀嚼式口器
食性：肉食

銅頭螳蛉

Euclimacia badia

　　希臘神話中有個特殊人物,上半部是人身,與正常人完全一樣,腰部以下則是馬的軀體。這樣的半人馬獸流傳著許多故事,在全球熱賣的電影「哈利波特」的情節中也常出現半人馬獸。我會提到半人馬獸的原因,是因為這隻擬態棕長腳蜂的銅頭螳蛉,在某個程度上來說,實在與半人馬獸非常相似。

　　第一次見到銅頭螳蛉的時間,我已經記不起來了,唯一的記憶是在山上使用燈光誘集昆蟲時遇見牠的。依稀記得那天晚上起了大霧,但是趨光的昆蟲還是非常多。廖智安大哥在旁邊等著鍬形蟲飛來,我則是拿著相機記錄到訪的昆蟲。我在布的另一邊,透過光線看到許多蛾類、天牛、蜂類、甲蟲,在燈光的催化之下,忙得不亦樂乎。看到牠們觸角與觸角相互碰觸後,不是各走各的,要就是糾纏在一起,熱鬧非凡。

　　這時,在布上的剪影裡,發現一個大傢伙,好像是隻大型的蜂類,在布的另一端不停地振動翅膀。我先提醒了廖大哥,有大型的蜂來了喔,可能是虎頭蜂!廖大哥一聽就從地上跳了起來,靠到我的旁邊說,虎頭蜂在哪裡?我一邊指著布上的影子,一邊小心往布的左邊移動,廖大哥則是由左邊走過去。當我小心翼翼地靠近時,廖大哥已經把那隻「虎頭蜂」抓在手上。我看了嚇一跳說:「你不怕被咬嗎!?」廖大哥笑著說:「這不是虎頭蜂,是銅頭螳蛉啦!」我仔細看著這隻銅頭螳蛉,不管是體色或是體型,都與棕長腳蜂非常相似。不過,牠身體的前半段與螳螂一樣,前足也特化成鐮刀狀的捕捉足,翅膀及腹部還有體色則與棕長腳蜂相同。原來銅頭螳蛉擬態成胡蜂的樣子。當牠在天空飛行時,鳥類會誤以為是胡蜂,才不會捕食牠。這可是牠經過「物競天擇」後的生存之道啊。

棕長腳蜂 (*Polistes gigas*) 也是胡蜂類群中的大個子，飛行時虎虎生風。銅頭螳蛉不論外形與姿態都與棕長腳蜂非常相似。

螳蛉喜歡在大太陽下於殼斗科花朵上飛舞，也容易在山區的路燈下發現牠們。但是取食同樣趨光的蛾類還是第一次看到，捕捉獵物的動作與螳螂相同。

若有機會觀察螳蛉類的昆蟲，會發現牠們用許多時間在整理「門面」，讓人覺得牠像是一位特別愛漂亮的小姐。

Bluffing

惠蓀林場的林相完整且生態豐富，晚上銅頭螳蛉飛進房裡，停在房中鏡子上，「美人照鏡」饒富趣味。

目前拍過不少種類的螳蛉，但是螳蛉的分類資料不多，所以無法得知牠的正確名稱。圖中的螳蛉擺出與螳螂相似的祈禱動作。

螳蛉的幼生時期寄生在蜘蛛的卵囊中。螳蛉媽媽會找合適的蜘蛛卵囊將蛋下在裡面，幼蟲孵化後就以牠們為食。圖中的螳蛉為台灣螳蛉 (Eumantispa taiwanesis)。

銅頭螳蛉是目前台灣已知的螳蛉中體型最大的，夜晚趨光而來的個體常會停在枝葉上發呆

分類：半翅目(同翅目)廣翅蠟蟬科
中文名：條紋廣翅蠟蟬
生態環境：低海拔山區
體長：0.7~1 cm
口器：刺吸式口器
食性：植食

條紋廣翅蠟蟬

Ricania simulans

就是一雙大眼睛——

　　廣翅蠟蟬是中低海拔山區常見的一種昆蟲，之前還在醉心採集的時候，雖然常會遇到牠停在小灌木的樹枝上，但是從來沒有仔細觀察過牠，一直到我接觸攝影時，才在偶然的情況下發現牠的美。

　　2006年的夏天是我剛開始接觸數位單眼相機的時間點，那時常常揹著相機包，一有空就往台北近郊的山區，找尋各種昆蟲或是花草來練習拍攝的技巧。那陣子剛好也在瘋台灣的原生蘭，有時找到地生的蘭花，蘭花上還有昆蟲或是蜘蛛，那真的是超開心的。既可以一邊練習攝影的光影運用，還能認識更多的植物與昆蟲，剛好呼應了台語的諺語「一兼二顧、摸蜆兼洗褲」。

　　當年的10月我一個人前往烏來山區，天空雖然有點陰，但是不減我拍照的動力。興致高昂地走在森林的步道上，找尋任何可以拍攝的昆蟲，看到前方數隻美麗的小灰蝶在野薑花上飛舞。我慢慢地靠近，一邊調整相機的設定，想要捕捉牠美麗的身影。突然間竟然下起雨來，小灰蝶也紛紛躲了起來。雖然雨不大，但是為了保護相機設備，只好避到樹下躲雨。綿綿細雨總算小了點，我也就邊閃邊躲邊找蟲拍。突然在一株植物的莖上看到奇怪的圖案，三角形的昆蟲上有兩枚像眼睛的花紋。咦？這是廣翅蠟蟬吧？稍微靠近看了一下才發現，旁邊的植物上也都停滿了這種眼紋廣翅蠟蟬，原來牠們也都在躲雨啊！其中有一根莖上面停了好幾隻，為了找到美麗的角度，我反反覆覆調整拍攝姿勢，才發現這種眼紋可以騙人啊！正面與後面的角度都可以看到不同的「眼紋」。有的像是在瞪人，換個角度卻像在微笑，讓人印象深刻。生物要活下去，可是什麼手段都有啊！

SCALE 1:1
廣翅蠟蟬實際尺寸

在低海拔山區常見的眼紋廣翅蠟蟬 (*Euricania ocellus*)，喜歡棲息在草本植物的莖上，遇到危險時會先跳起來後再振翅飛走。

由牠的背面拍攝，竟然看起來像「忍者龜」的眼罩。

Bluffing

大家還記得金凱瑞拍過的電影「摩天大聖」吧？裡面的神奇面具是不是跟牠很像呢？同樣一種昆蟲，由各種不同角度居然可以帶來完全不同的感覺，是不是非常有趣呢？

條紋廣翅蠟蟬 (*Ricania simulans*) 也是低海拔常見的種類，因為牠翅膀上的花紋美麗，還曾有朋友把牠誤認為是一隻蛾類。

眼紋廣翅蠟蟬具有群聚的習性，一隻接著一隻好像在排隊等公車一樣。

與朋友到拉拉山一遊，遇到這隻非常「好相處」的花斑寬翅蠟蟬 (*Ricanula quadrimaculata*)，才能留下這張大家對拍充滿趣味的照片。

廣翅蠟蟬產卵的行為難得一見。應該將卵產在寄主植物上的牠，居然將卵產在步道的原木護欄上，我開始擔心卵孵化後的若蟲要吃什麼。

隱身術高手

Invisi

家中二樓的客房有一個大衣櫃，裡面除了兒子的玩具外，
還掛著幾件他的衣服，除此之外，它還有一個很重要的功能，
內人與我戲稱這是「隱身櫃」。
還記得兒子第一次使用「隱身櫃」是因為他做錯事挨了罵，
家裡又沒人要理他，所以就躲到櫃子中，
我們還花了一點時間才把他找出來。

我們認知中的「隱身術」多半是日本忍者那種神秘的「忍術」。
忍者通常會在兩個情況下施展「隱身術」：
一是要探查軍情或是要暗殺某個敵對的要角時，
忍者會隨身攜帶一些畫有圖案的「隱身布」，
在選定的環境裡將適合的布展開後，讓自己隱藏在草叢或是樹林之中，
甚至是在城堡走廊的牆壁上，伺機執行任務。
另一個情況是在他瀕臨死亡關頭時必須靠「隱身術」來脫逃。
但是忍者真的消失不見了嗎？其實不是！
所謂的「隱身術」其實是極為高明的「障眼法」。
簡單的說，武功高超的忍者會在有需要的時刻，
以極快的速度辨識周遭環境，馬上找出一處適合躲藏的區域，
在丟下煙霧彈的同時跳到樹上、躲在牆後或是從水中遁逃…。

昆蟲界有一票厲害的「隱身術」高手。
這些高手在牠們習慣出沒的地方，靠著天生的「隱身術」躲避天敵，
這樣的行為在生態界中獨樹一格。
當您想要找尋這些特別的昆蟲時，即使在產地也不見得可以找到牠們，
因為牠們有的喜歡穿著長滿綠色苔蘚的「華麗」外衣出場；
有的不愛紅花，喜歡當「綠葉」；還有最厲害的絕招是當風吹過時，
牠會跟著擺動，假裝成被風吹動的樹枝。

所以您要隨時注意身邊的風吹草動，
因為那有可能是正在施展隱身術的「忍者蟲」喔！

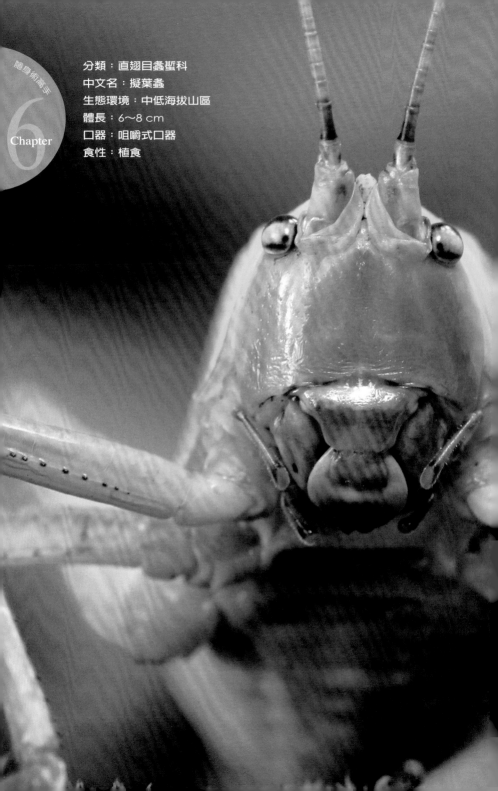

分類：直翅目螽蟴科
中文名：擬葉螽
生態環境：中低海拔山區
體長：6～8 cm
口器：咀嚼式口器
食性：植食

在嘉義大學擔任專案計畫助理時，也是我最愛採集的那幾年，我真的是開一部老吉星「凸」全台灣。只要有空閒就會往竹東跑，尖石後山繞一圈後，通常會由三光接到北部橫貫公路。當所有的蟲點走完後，再往宜蘭由台七甲線接往思源埡口及梨山。累到不行時就在車上睡一覺，然後由中橫支線接往大禹嶺，過了隧道先向左轉到碧綠神木，看看是否可以遇到傳說中的妖艷吉丁。再回頭越過合歡山到青青草原與霧社，晚上則是在力行產業道路點完燈後，再開夜車回到台北。至於中部以南的行程，則是由東部出發，跑完幾個林道，再走南迴公路去屏東的山區，或是走南部橫貫公路切到台南去，一樣都是兩天回到台北。

會提上面這段歷程是因為這樣跑了幾年，野外的經驗其實不算少，常常可以遇到各種不同的昆蟲。許多昆蟲顏色鮮豔，還有些種類是外形奇特，當然一定有極為稀少的物種，跑了好幾年也僅僅看過幾次。

但是對於稀有的認定，到底是真的數量很少，還是因為我們不知道牠們的習性、產季、食草而無法了解牠？對於這點由擬葉螽這類群的昆蟲就可以看出一二。擬葉螽顧名思義，就是外形模擬成葉子形狀的螽蟴，很多次都是在殼斗科的樹種上發現牠；有時也會隨機地瞄到牠停在葉子上。如果說要專門找擬葉螽還真沒那麼簡單，因為牠的獨家秘技就是將前翅展開後，把中足與後足共四隻腳縮在翅膀下，前足與觸鬚順著頭部往前伸直，平貼在葉子上，假裝自己是片葉子，讓你無法辨別。這麼好的偽裝，即使是像我這樣行千里路、東南西北跑透透的採集者，也還是無法常常看到牠！

invisibility

感應到拍照時的閃光燈，馬上做出威嚇動作的擬葉螽。有沒有發現牠的眼神可是非常兇狠。

螽蟴家族的昆蟲遇到危險時，常常有將翅膀打開嚇敵人的動作出現，這樣的行為在擬葉螽身上也看到。

擬葉螽這個家族顧名思義就是偽裝成葉子的螽蟴。本種擬葉螽的翅脈也偽裝成葉脈的紋路，除了可以保護自己外，也非常美麗。

不知名的擬葉螽棲息在殼斗科的植物上，靠取食葉片為生。剛好能記錄到牠的若蟲生態是因為採集甲蟲時，牠被驚嚇到而掉落。（左為雌的終齡若蟲，右為雄成蟲）

中華翡螽 (*Phyllomimus sinicus*) 常棲息於殼斗科植物上。當牠遇到危險時，中腳與後腳會隱藏於攤平後的翅膀下，前腳與觸鬚向前延伸變成樹葉狀。

這種螽蟴身上有著美麗的花紋，翅膀上的翅脈如同葉脈般，如果牠是停在草叢中，恐怕就沒那麼容易看到牠。（圖為端斜緣螽 *Deflorita apicalis*）

許多螽蟴都有趨光性，但是我還沒有遇過擬葉螽的趨光個體。（圖為凸翅光頸螽 *Liotrachela convexipennis*）

分類：鱗翅目蛺蝶科
中文名：枯葉蝶
生態環境：低海拔雜木林
體長：2.5~3 cm
口器：曲管式口器
食性：植食

顧名思義，枯葉蝶就是外觀與枯葉非常相似的蝴蝶。小時候常常搬家，光是小學就念了三間，最後終於在台北市臥龍街的大安國小畢業。就讀大安國小的期間，每天都要經過富陽街與臥龍街去上學，下課後最喜歡和同學在路旁的山坡上追逐昆蟲。雖然山坡上有很多墳墓，也長滿雜草，但這裡可是讓我對自然生態開始感興趣的啓蒙地。

那時不知天高地厚，只要到了暑假，就與同學拿著網子，在比人還高的芒草堆與墓碑間，追逐蝴蝶與天牛，或是在山坡旁的小溪溝，捕撈大肚魚與小螃蟹，就算是農曆7月也不例外。每次外婆知道以後，都會用台語生氣的說，你們這些不聽話的小孩，到時被「魔神仔」抓走！！雖然如此，我依然偷偷跑去抓蟲。

還記得山坡上有棵超大的構樹，那橘黃色熟透果實上，常常會有蝴蝶及金龜子前來吸食那酸酸甜甜的汁液，而我也常在樹根旁放著鳳梨皮當作誘餌，吸引扁鍬形蟲與獨角仙來進食。

那天下午我一個人來到樹下，想要看看有沒有不同的昆蟲出現。也許是要下西北雨了，整個天空突然變得暗沉，視線也不是很好，才走到樹旁，就被一個竄出的黑色影子，嚇得跌坐在旁邊的枯葉堆上。當我回過神後，卻找不到那黑影，放眼望去除了灰色的墓碑與滿地的枯葉外，只聽到我一個人的呼吸聲。我越想心裡越害怕，只好趕快爬起來，去看看陷阱裡有沒有蟲。才剛起身，又看到那黑影竄出來，停在鳳梨皮上面。我定睛一看，才知道那黑影是隻枯葉蝶，原來是牠正在享受甜美的鳳梨大餐。知道之後頓時鬆了一口氣，原來枯葉蝶翅膀上的花紋與枯葉堆完美地融合在一起，難怪我會找不到那個黑影。當時我最愛的山坡，現在已規劃為富陽自然生態公園，仍舊是台北最適合做自然生態觀察的地點之一。

若枯葉蝶停在綠葉上是非常明顯的，但是停在落葉堆中的枯葉蝶就需要花點心思去找尋了。

Invisibility

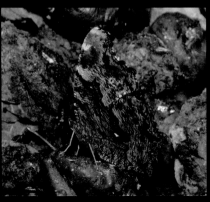

有隻琉璃蛺蝶 (Kaniska canace) 在吸食原住民丟棄於樹幹下的熟爛李子，與背景色融為一體的牠，完全不理會我的靠近。

因為蝴蝶的翅膀非常薄，所以時間一久就有可能為碰撞或是被獵食者攻擊而破損，這時停在綠葉反而更有「枯葉」的特色。

這隻枯葉蝶正專心吸食腐果的汁液,有沒有發現牠長得有點怪?蛺蝶科的第一對腳都會縮在前胸處,所以牠看起來好像只有兩對腳。

枯葉蝶的特色不只是擬態枯葉而已,當牠將翅膀張開後的炫目色彩,才是牠不為人知的另一面。

停在枝頭上的枯葉蝶正在享受日光浴,陽光帶出牠身上美麗的藍紫色金屬光澤。

一片樹葉最重要的就是「葉子」的形狀,還有葉子上的葉脈紋路。如果不是枯葉蝶,應該沒人想到「枯葉」也會「喝果汁」吧!

分類：螳螂目花螳科
中文名：台灣姬螳螂
生態環境：低海拔山區
體長：2.5～3.5 cm
口器：咀嚼式口器
食性：肉食

台灣姬螳螂

Acromantis formosana

　　第一次看到台灣姬螳螂的地點，是在墾丁的社頂公園。那是一隻大概四齡左右的若蟲，咖啡色的牠隱身在路燈下的灌木叢中，靜靜站在樹枝上，等待獵物上門。而我就像是「螳螂捕蟬，黃雀在後」一般，看著牠的一舉一動。不過台灣姬螳螂非常容易受到驚嚇，我不小心碰到樹葉，就看著牠在樹枝間亂竄後隨即失去蹤影，只留下當場傻掉的我。

　　再次相遇是在南投。那天傍晚迎著初夏的夕陽，與賞蟲好友們漫步在惠蓀林場的步道上，我們手裡都拿著相機，只是隨意欣賞風景，偶爾看著台灣藍鵲停在前方的樹枝上休息，卻不急著拍照，因為晚上的路燈下才是重頭戲。

　　朋友們說要先去買晚上的零食及飲料，我一個人留在杜鵑花叢中觀察生態。在地上乾燥的落葉堆中，有一點騷動聲響，引起我的注意。我蹲下靠近想要看清楚一點，只見有個小影子就這樣趴下來，倒在落葉上。可能是因為傍晚光線並不好，實在看不清楚，想要追根究底的我，乾脆將手電筒取出來幫助照明。無奈仔細地搜尋了一下，還是沒能看到那影子在哪裡？就在這時，我看到落葉堆中，有隻受傷的蠹蟴若蟲在爬行，而旁邊趴著一隻只露出兩個大眼睛的蟲。仔細的看清楚後，我心裡想這不是姬螳螂嗎？只見牠慢慢爬了起來，鬼鬼祟祟地東張西望。當我將相機靠近眼前，牠好像被我的動作驚嚇到，馬上又趴回枯葉上。那滑稽的動作讓我顧不得按快門就笑了起來。其實牠的體色真的非常像枯葉，尤其是翅膀旁那兩條綠色帶狀的襯托，使其與生俱來的隱身術，在落葉堆中發揮得更加淋漓盡致。要不是那隻命大的蠹蟴若蟲，我實在很難發現牠吧！

Invisibility

生活在低海拔森林的姬螳螂，躲藏方式雖然只是將身體貼在地面上，但是卻可以有效的利用身體的顏色來避危險。牠的鐮刀狀前腳向左右展開後平貼到地面上，可以讓身體看起來更扁平。

我在車蘢林場的落葉堆中將動作放得非常慢，才得以靠近這對交配中的姬螳螂。

閃光燈的光源讓雌螳螂本能地趴在枯葉上，牠身上的雄蟲當作沒事般繼續交配。

姬螳螂若蟲身上的顏色與花紋讓人難以發覺牠的存在，這是牠們在大自然中求生存唯一的依靠。

在杜鵑花叢中發現了姬螳螂的螵蛸（螳螂的卵囊稱為螵蛸），剛好若蟲正在孵化中。牠們的體色與樹皮相同，確實可以與環境顏色融為一體。

夜間趨光的姬螳螂雄蟲，若不是早就注意著牠，在「群蟲亂舞」中如何能知道牠躲在一片枯葉之中。

分類：直翅目蟋蟀科
中文名：蓬萊棘露蟋
生態環境：低海拔原始林
體長：5~6 cm
口器：咀嚼式口器
食性：雜食

隨身術高手

6
Chapter

滿身棘刺的隱身高手——

蓬萊棘露螽

Trachyzulpha formosana

從事生態觀察攝影時，從來沒有一種昆蟲，可以像蓬萊棘露螽一樣吸引我的目光，因為牠的外表及體色實在很特別。前胸背板兩側都長滿棘刺，體表顏色為綠色搭配黑斑或墨綠色的斑紋，簡直就像是地衣苔蘚一般。如果牠剛好停在森林底層，與枯葉及青苔就會融成一體，讓人無法分辨。這樣特化所展現出來的偽裝外觀，根本就是許多國外生態攝影圖鑑上才能看到的特殊物種。沒想到在台灣也可以發現這麼美麗又神奇的螽蟴。

近年來所發現的蓬萊棘露螽都只有雄蟲，而雌蟲唯一的紀錄就是當年發表本種時的模式標本。這些年下來我與研究昆蟲的朋友們也用盡心力，想要找到雌蟲的身影。雖然知道牠生活於北部到東部的低海拔山區，但牠的生活習性非常地隱密，而且每年只有在夏季才出現短短幾天。我們也推論過牠的幼生時期及繁殖環境，但是無論用什麼樣的方式，都沒辦法找到相關線索，更遑論要好好研究牠。

每年7月盛夏的夜晚，我都會回到熟悉的山區，繼續找尋牠的蹤跡，白天一樣在森林中使用手電筒找尋，也會使用夠長的竿子探詢樹冠層，但是都無法發現牠們躲藏的地方。只有在夜幕低垂後的路燈下，不知道牠到底從哪裡飛出來，或是剛好在地上緩慢爬行，才有機會看到牠們。等待的過程中，也曾嘗試使用各種食物誘集，甚至是使用竿子長度達9米以上的網子，雖然如此努力，但一樣徒勞無功，對於這充滿魅力又有特色的昆蟲，總有一天我會解開牠的生態之謎。

Invisibility

在北部山區使用燈光採集時趨光而來的個體，每年只有半個月能發現牠們，其它的時間是個大問號。

照片中有一隻蓬萊棘露蟲停在青苔上面，您找得到牠嗎？

蓬萊棘露蟲身上的顏色，完全是為了因應在潮濕且充滿苔蘚的森林裡生活而演化出來的。

孩友周文一教授熱衷於昆蟲的研究，看他趴在地上觀察
蓬萊棘露螽的模樣就可以感受到他的熱忱。

這種螽蟴與森林底層的顏色非常相近，讓牠可以與環境
融為一體。（圖為日本騷螽 *Mecopoda niponensis*）

台灣特有種的蓬萊棘露螽全身長滿了棘刺，尤其是前胸背板的形狀更為誇張，簡直像是盔甲一樣

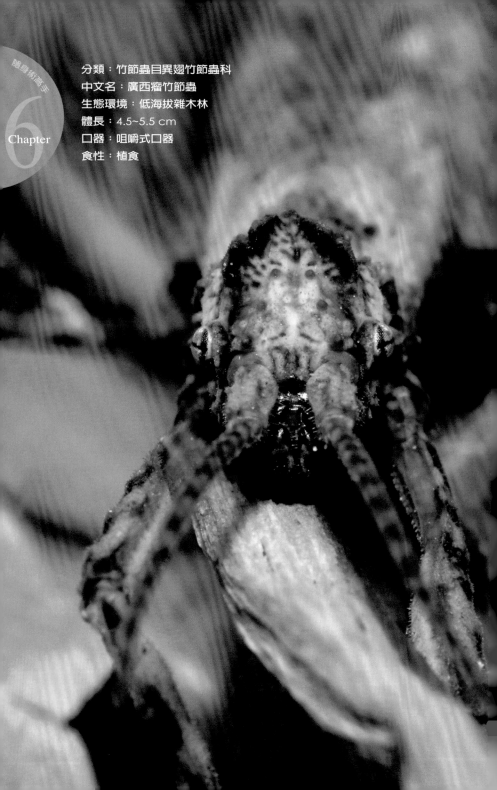

分類：竹節蟲目異翅竹節蟲科
中文名：廣西瘤竹節蟲
生態環境：低海拔雜木林
體長：4.5~5.5 cm
口器：咀嚼式口器
食性：植食

比枯樹枝還像枯樹枝——

廣西瘤竹節蟲

Pylaemenes guangxiensis

　　剛接起電話，就聽到「台灣全記錄」的企劃急忙地說：「傑哥，台灣有什麼昆蟲的偽裝術是你認為最厲害的，我們想要記錄台灣各種擅長偽裝的生物。」聽完後，我直覺地說出四個字「瘤竹節蟲」。

　　將瘤竹節蟲作為偽裝首選的原因很多，第一點是牠不常見。可能很多人會問，為什麼不常見？是因為牠真的很少嗎？還是因為牠的型態，讓人根本看不出來是生物？好友世富兄介紹台灣竹節蟲的書中有提到，瘤竹節蟲在低海拔山區零星可見，但是我常常在這些區塊活動，10多年來也只見過幾次而已。每次發現瘤竹節蟲，都是拿著手電筒作夜間觀察的時候，實在找不到有趣的昆蟲觀察，在開始找尋植物時，發現植物上有特別的食痕才「順便」發現牠。

　　這個「順便」講得輕鬆，其實可是眼力大考驗。瘤竹節蟲的體色猶如枯黃的樹枝，身上的瘤突就像是剝落的樹皮，加上一動也不動的特性，趴在樹皮上，就算是讓您「看」到牠了，也會當作沒看到吧！竹節蟲的偽裝可不是為了騙過您的眼睛，而是為了因應牠生活的環境，並且躲避獵食者，才特化成今天這個模樣的。

　　2009年秋天，與好友世富到日本石垣島做生態觀察，有幸在日本朋友鈴木先生的帶領之下，我們在山地保護區的特定植物上也發現了瘤竹節蟲。特別的是，台灣的瘤竹節蟲只有雌蟲的紀錄（本種可以孤雌生殖），但是我們在石垣島記錄了雄性的瘤竹節蟲，這表示在日本的族群是可以有性生殖的。回台灣查閱了相關資料後發現，瘤竹節蟲這個類群，廣泛地分布於台灣、香港、日本、中國…等各地，這也讓我更想要到處去尋找這偽裝堪稱完美傑作的瘤竹節蟲。

Invisibility

瘤竹節蟲遇到危險時就一動也不動，拍完這張照片後的一個小時內，牠還是保持一樣的動作。

瘤竹節蟲遇到危險時，觸角與前腳都會向前延伸，只露出複眼。

瘤竹節蟲的頭上有許多瘤突。竹節蟲在遇到危險時常常會有假死的動作出現，如果沒有仔細看會以為牠是枯

竹節蟲在遇到危險時常常會有假死的動作出現，如果沒有仔細看會以為牠是枯枝。

這是在日本石垣島拍到的瘤竹節蟲雄蟲，牠正在進食中，與雌蟲最大的差異在於體型大小，還有頭的形狀。

眼力大考驗，看看瘤竹節蟲在哪裡？
（提示：牠停在枯芒草莖上）

MIB來自宇宙的外星人

Alien

這個主題非常明確，要講的就是外星人。
有人看過外星人嗎？相信這個問題沒有正確的答案。
但是總看過電影中的外星人吧？
記憶中與外星人有關的電影有三部讓我印象最為深刻。

第一部是外星人科幻片的經典之作「星際大戰」，
片頭的第一句話就是「在很久以前…一個非常遙遠的星系…」，
主要的劇情是敘述「絕地武士」對抗有邪惡企圖心的帝國。
第二部是阿諾史瓦辛格主演的「終極戰士」，
敘述阿諾是特種部隊的首領，
部隊在叢林中遭到外星生物的攻擊，
最後只剩下阿諾獨力奮戰，終於將外星人消滅。
最後一部電影是「MIB星際戰警」，劇情比較貼近我們的生活，
片中的主角是特殊單位的幹員，
專門管理外星人在地球上的活動，
片中最讓人記憶深刻的是有許多外星人與人類共同生活，
它們可能打扮成人類的模樣，
或是藏在各種我們意想不到的地方，
以不影響人類作息的方式與我們和平共存…。

電影中的劇情與人物雖然都是小說作家或是編劇所創造出來的，
但是我們的現實生活中真的沒有外星人嗎？
或者說這些電影、卡通、漫畫中被塑造出來的外星人形象，
其實就在我們的周遭，只是我們沒有用心去觀察而已？
沒錯！這點是可以肯定的！

剛開始接觸超微距攝影時，常常會被鏡頭中的昆蟲吸引，
因為將牠們放大後才發現，每一種昆蟲的臉部都極具特色，
尤其是某些特化後的器官，造型奇特又富有趣味性。
例如又長又大的眼睛，或是各種千奇百怪的嘴部形狀。
昆蟲的這些特色就是設計師在創造外星人時最好的模特兒，

如果真的想要看看外星人，不用花大錢坐太空船，
只要花點時間用心觀察身邊的昆蟲，
保證可以讓您「大開眼界」喔！

the face book
of insects in taiwan

分類：雙翅目大蚊科
中文名：巨大蚊
生態環境：中低海拔山區
體長：3～3.5 cm
口器：口器退化
食性：成蟲不取食

趁著風和日麗、陽光普照的日子，來到山區郊遊踏青是很開心的事，但是在山上會因為你的體溫，或是身體釋放出來的二氧化碳，而吸引過來的舐血動物還真的不少。譬如，小黑蚊、牛虻、螞蝗還有各種蚊子。其中我最討厭的就是蚊子，那嗡嗡作響的振翅聲，常常聽得我快要腦神經衰弱。當然只要發現牠在「品嚐」我的血液時，動用巴掌大刑伺候是免不了的。

台灣的雙翅目昆蟲種類非常多，裡面有一個類群叫大蚊（大蚊科），在演化上來說，牠可是蚊子的遠房祖先，大蚊也是雙翅目中是最原始且種類最多的一科。大蚊的體型比我們常見的蚊子可大得多了，但是牠們並不舐血，牠們通常不進食或是依靠少許的水份維生，所以牠們也沒有蚊子的刺吸式口器。

常常在山區遇到大蚊，每次看到時，都是垂掛在植物葉子或是枝條下方。通常沒有拍攝的目標物時，我會將大蚊拿來練習微距攝影，因為牠的身型細緻，六隻腳十分修長，所以拍攝時往往需要更好的穩定度，才有辦法抓住牠的神韻。

北橫明池的夏夜還算涼快，我與一群好友在這裡找尋昆蟲拍照。遠遠的我就發現，入口旁的公用電話亭中，有許多昆蟲趨光而來，其中有一隻完整的大蚊，拍了幾張生態照後，想要幫大蚊的臉部來個特寫。當我換上超微距鏡頭對焦時，發現大蚊的臉部器官相當細緻，尤其那散發著特殊色彩的複眼，還有造型特異的小顎鬚，完全就是幻想中的外星動物。如果不是清楚的知道自己在攝影，看到這樣的造型，大概會以為我在電影院中欣賞好萊塢的外星科幻片吧！

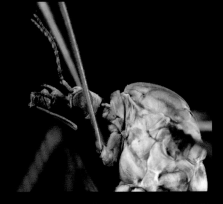

針大蚊（*Tipula* sp.）的側面，極大複眼有著特別的金屬光澤，口器形狀與科幻片中的外星人像不像？

大蚊翅膀後面的兩根棒狀物是後翅特化而成的「平均桿」。

巨大蚊屬（*Holorusia*）的種類不少，圖中這隻的體色與複眼顏色和大部份我所觀察到的巨大蚊不同。

泥大蚊（*Nephrotoma* sp.）為低海拔山區較為常見的種類。圖為在樹葉上交配的泥大蚊。

Alien

大蚊常棲息在陰涼濕度較高的環境中，例如溪流邊或是森林底層。圖為毛黑大蚊（*Hexatoma* sp.）。

在路燈下遇到趨光的巨大蚊，牠們的翅膀反射了光燈的光源後，顯現出很科幻的淺藍色，更凸顯外星人的感覺。

巨大蚊最大的特色就是體型比
一般的蚊子大上數倍，還有那
極為細長的六隻腳。

分類：脈翅目長角蛉科
中文名：長角蛉
生態環境：低海拔山區
體長：4~5.5 cm
口器：咀嚼式口器
食性：肉食

水汪汪的大眼睛——

長角蛉

Suphalomitus sp.

從小我就一直很喜愛昆蟲。每年的夏季，不管是到公園裡看蝴蝶，或是搭公車到外雙溪找尋昆蟲，都是我最珍惜的時光。直到步入社會後，雖然每天都被工作及社團活動綁住，但是這個小小的興趣，卻還一直藏在我心中的某個角落。

數年後因緣際會又開始接觸自然生態，那種小時候找尋昆蟲的衝勁又回來了。某一次在北部中海拔山區做生態觀察時發現，應該早上活動的蜻蜓，竟然會出現在晚上的路燈旁！驚奇之餘對這曾經是我最愛的昆蟲不免想多看一眼，等仔細看清楚後才知道牠不是蜻蜓。因為牠除了滿臉的毛之外，頭上還長了長長的觸角。大自然這個巧妙的設計，完全顛覆我原有的認知，如果不是對昆蟲的興趣濃厚，以及小時候就已養成觀察昆蟲的習慣，大概真的會以為自己發現新種昆蟲吧。

長角蛉與蜻蜓最大的不同點就是長長的觸角，除此之外，還有一個特色，就是可以靠近牠聞聞看，牠身上有一種非常特殊的氣味喔，聞起來就像是毛線燒焦後的味道，讓人印象非常深刻。當時與好友們討論，這樣的昆蟲有辦法飼養嗎？大家一致認為沒辦法。主要是因為牠的生態不明，沒有人知道牠是如何繁殖下一代、繁殖環境如何營造、幼蟲的食性如何。但是這幾年喜愛生態觀察的朋友越來越多，慢慢有人破解牠的生活史，我也是最近才拍到牠的幼蟲。原來長角蛉交配後，會在樹皮的裂縫中產卵，牠的幼蟲長得像蟻獅，有著一對超大的巨顎，主要在樹上生活，靠著同在樹皮上的小昆蟲為食。

如果有機會遇到人問，這是頭上長角的蜻蜓嗎？當所有人還在丈二金剛摸不著頭時，請您用力地告訴大家，這不是蜻蜓！這是長角蛉！

Alien

174

Alien

長角蛉棲息的姿勢也很容易與蜻蜓作區分，蜻蜓的翅膀是向左右平行，長角蛉則是收往腹部。

長角蛉頭部的正面像填充玩具一樣毛茸茸的,上面有兩顆超大的複眼,閃爍著奇異的光澤,看起來像是「大鬍子怪客」吧。

長角蛉與蜻蜓外觀上最大的差異就是長角蛉頭上那對長長的「觸角」與滿頭的「頭毛」。

蜻蜓(善變蜻蜓 Neurothemis ramburifi)頭上的觸角又細又短非常不明顯,頭部也沒有長滿茂密「毛髮」。

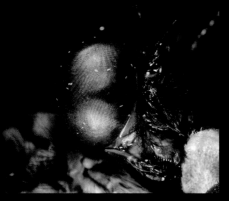

放大倍率後的長角蛉臉部是不是變得可怕嚇人。尤其是

夜晚趨光的長角蛉棲息的姿勢也非常特殊,腹部會高高

分類：雙翅目柄眼蠅科
中文名：四斑柄眼蠅
生態環境：低海拔山區
體長：0.3 cm
口器：舔吮式口器
食性：雜食

四斑柄眼蠅

Teleopsis uadriguttata

台灣的山區常常可以見到各種蠅類，有著金屬體色的麗蠅、卵胎生的肉蠅、還有寄生蠅…等。雖然蠅類的昆蟲會讓大家有討厭、骯髒、噁心之類的想法，但是有一種特別的蠅類，卻能顛覆一直以來所有人的觀點，當你看到牠時，甚至會覺得長相真是滑稽又可愛，好像科幻片中的外星人一樣，這就是柄眼蠅。

如果你常有機會到低海拔的山區踏青，其實可以多注意較潮濕的角落，如溪流或山溝邊的草叢，或是有大樹遮蔭下的植物葉面，柄眼蠅常常會在這樣的區域中活動，尤其是姑婆芋的葉子上，經常會見到牠們群聚在一起。雖說有群聚的現像，但是卻沒有看到求偶、交配等特別的行為。仔細觀察柄眼蠅時，看著牠們在葉片上到處步行，或者在小區域中上上下下的飛行移動著。但是最奇怪的是，牠們都會有一個習慣性的動作，就是在固定的地方好像發呆一樣，偶爾洗臉(清理雙眼)，偶爾清理身體。雖然不知道牠在想什麼，但是面對這樣小型的昆蟲，這可是一個拍攝牠們的絕佳時機。

因為柄眼蠅的體型真的很小，藉由微距鏡頭細看柄眼蠅的臉部構造，複眼位於連接臉部向左右延伸的柄狀構造上。複眼內側的圓形物體就是觸角，兩個複眼間的距離實在有點遠，大概超過體長三分之一以上的長度。雖然不懂牠的眼睛所看到的景象是什麼？但是可以確定的是，應該很立體吧！我常常與朋友討論，是什麼原因讓牠的外觀特化成如此滑稽的模樣？最後都沒有結論，只能說在造物者與物種演化下所產生的奇特外觀，常常會讓人嘆為觀止！

SCALE 1:1
四斑柄眼蠅
實際尺寸

Alien

the face book
of insects in taiwan
177

柄眼蠅的領域性很強，當牠們遇到入侵領域的對手時，會在瞬間將雙翅打開「比大小」，輸的一方便只得逃離，這是非常值得觀察的生態行為。

178

花了很久的時間觀察，終於拍到這一幕：一方強而有力的威嚇，另一方則露出被脅迫無奈的動作。

Alien

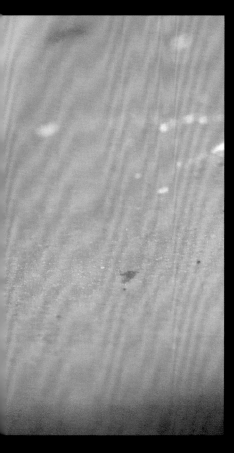

由背後看柄眼蠅，牠的兩眼間距大得超乎想像，如果有機會，我很想體驗這兩個複眼所看到的影像。

柄眼蠅正在用後腳清理翅膀，雖說是蠅類，但與印象中的蠅類不太一樣，至少牠不會在我們吃飯時繞來繞去。

柄眼蠅的嘴巴是「舔吮式口器」，平時收在頭部裡面，用餐的時候才會伸出來使用。

這隻柄眼蠅正在葉子邊緣「搓手」，這個動作對牠們來說非常重要，因為牠們的味覺器官就在前腳上，如果沒有清理乾淨就無法找到美味的食物。

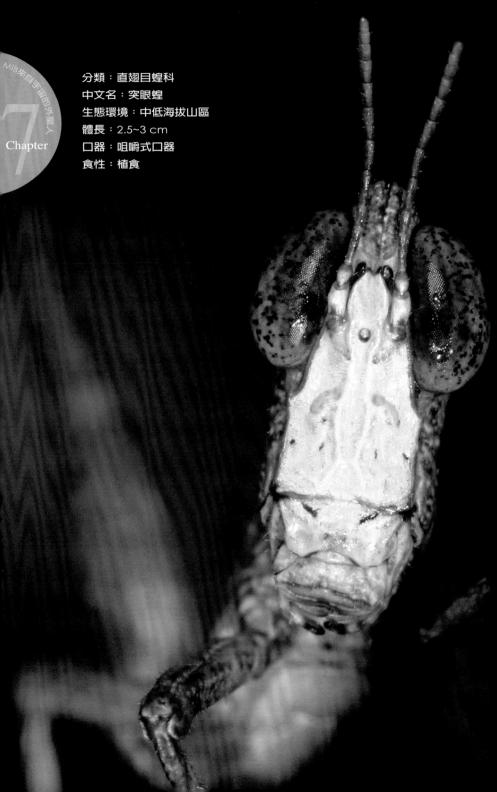

分類：直翅目蝗科
中文名：突眼蝗
生態環境：中低海拔山區
體長：2.5~3 cm
口器：咀嚼式口器
食性：植食

突眼蝗

Erianthus formosanus

台灣的昆蟲生態豐富，朋友常問我，最容易讓小朋友接觸的昆蟲，除了蝴蝶與甲蟲外，還有其他的嗎？其實當他們問這個問題時，我心裡就已經有答案了。要隨處可見又要容易觀察的對象，非直翅目的蝗蟲莫屬，而且蝗蟲的種類不少。記得小學時，爸爸帶全家去六福村野生動物園玩，車子繞完園區後在遊戲區休息。我才一下車，就被那邊飛邊發出聲響的蝗蟲嚇了一大跳。當時對於昆蟲的喜愛，絕對不遜於任何玩具。我躡手躡足地想要抓住那隻蝗蟲，無奈牠的警覺性非常高，才稍微靠近，馬上就飛走。就這樣玩到要回家了，依然無法將蝗蟲抓到，無奈的我只好作罷。

長大後又開始找尋昆蟲，常常晚上到山區使用燈光採集，每當燈泡亮起時，除了滿天飛舞的蛾類之外，還有很多螽蝐、蝗蟲也會趨光靠近，這是找尋這類昆蟲的好方法。但是有一種體型不大、模樣可愛的蝗蟲，臉部的長相更是讓人覺得滑稽，牠的全名叫突眼蝗。因為牠不愛趨光，要專門找尋突眼蝗，只能隨機碰運氣了。還好牠全年可見，又廣泛分佈在台灣低海拔山區，所以要看到牠並不會太難。雖然突眼蝗的若蟲與成蟲有許多不同的顏色變化，但是最吸引人的還是那饒富趣味的頭部。臉部兩側的大複眼，與兩顆複眼上面的三角型突起，加上短小可愛的觸角，像天線般插在兩眼間，還有複眼下的凹凸紋路，讓牠的臉部有種似笑非笑的表情。每次看到牠都會讓我的心情大好，有時突發奇想：突眼蝗大概是外星人派來讓地球人鬆懈的生物吧！每個人看到突眼蝗後，都會因為表情好笑而開心，變得沒有防禦力，也許…，這樣外星人才能順利攻占地球吧！

Alien

成蟲雖然有翅膀，但是飛行能力並不好，就算遇到危險，還是以跳躍方式逃命。

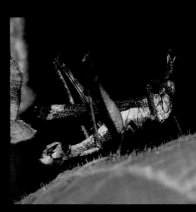

這隻是突眼蝗的終齡若蟲（再蛻一次皮之後就是成蟲了），可以由牠背部後面的翅芽看出。

突眼蝗的體色變化非常大，但我最喜歡綠色型為比較鮮豔且充滿自然氣息。

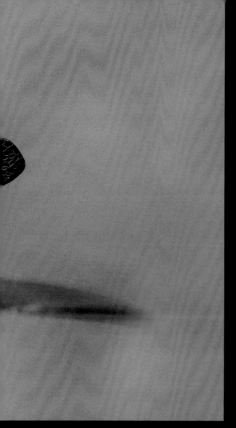

這隻突眼蝗是褐色型，整張臉都黑了，大概是日光浴做太多了。

膚色型的突眼蝗表情實在讓人莞爾，好像是遇到什麼恐怖的事情，把眼睛瞪得老大，臉也嚇白了。

第一次在大太陽下遇到突眼蝗，牠大概是被曬昏了，一直在植物上吊單槓。

我觀察發現，當牠開始左右搖晃時，就是跳躍前的準備動作，這是拍攝時要注意的，不然牠會突然消失眼前。

分類：鞘翅目象鼻蟲科
中文名：象鼻蟲
生態環境：中低海拔山區
體長：0.3 cm
口器：咀嚼式口器
食性：植食

象鼻蟲

Curculionoidea

象鼻蟲是鞘翅目中種類最多的一個類群。很多人估計，全世界的象鼻蟲種類大概有多少種？我聽過各種推論，但是一直沒有確切的數字出現。我曾與一位朋友討論過，他說當初在台灣作象鼻蟲分類時，手頭上大概有數百個種類的資料。但是這位朋友後來到美國進修神學，就沒有再觸碰台灣的象鼻蟲分類這區塊了。依照他當時的估計，光是台灣發現與未發現的象鼻蟲種類，可能就高達上千種！

最近在台灣物種名錄網站（TaiBNET）上提供的網路資料庫上查詢，已整理出來的文獻中記載，目前台灣的象鼻蟲有176屬約340種，但是實際上的數量，就需要相關分類的學者持續研究了。

其實象鼻蟲在我們身邊很常見。早期很多台灣的重要農作物，最大的病蟲害就是象鼻蟲這個類群。如香蕉假莖象鼻蟲就曾對香蕉造成巨大的危害。在我小時候住的地方，常常可以抓到台灣大象鼻蟲，也就是俗稱的「筍龜」，這是危害竹筍的害蟲。我記憶最深刻的就是米象鼻蟲（米蟲），牠的體型非常小，在金門當兵時，沒有保存好的白米都會長出米蟲。雖然看了有點可怕(一鍋飯煮起來上面一點一點黑黑的)，不過還是當成芝麻吃下肚，同僚都會開玩笑說，就當作「補充營養」吧！

我常常聽到家長對小朋友說，因為牠有長長的鼻子，像動物園的大象一樣，所以叫作象鼻蟲。象鼻蟲的外觀是這樣沒錯，但這是錯誤的觀念喔！我們看到的長鼻子，其實是象鼻蟲特化後的口器，前端才是象鼻蟲進食的地方。特化成這種樣子是方便牠們進食，也可以當成打洞產卵的工具。所以請大家記好了，這不是鼻子，這是長長的嘴巴喔！

SCALE 1:1
象鼻蟲實際尺寸

Alien

與幾位好友在烏來山區遇到斜紋象鼻蟲在交配，夫妻倆看起來蠻專心的，完全不理會拍照的我們。

雖然吻部粗短沒有特化成「象鼻」的樣子，反而比較像河馬，但牠也是象鼻蟲的一員。

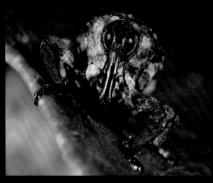

我常覺得象鼻蟲的臉部像砲塔一樣，可以自由旋轉發射砲彈。或是像雷達一樣可以偵測敵人的來襲，朋友們都笑我想像力太豐富。

Alien

這隻是產在蘭嶼的種類，是不是可以很明顯看出牠

「廣鼻」象鼻蟲的臉部近拍，可以明顯看到牠的口器（嘴）在吻部末端，即使是「象鼻」的種類也一樣。

低海拔森林常見的一種象鼻蟲，因為吻部粗短，所以也有人叫牠「廣鼻」象鼻蟲。

我們遇到象鼻蟲都是在植物上取食或是護欄上步行，但是有些非常小型的象鼻蟲可是飛行高手。（象鼻蟲起飛的瞬間）

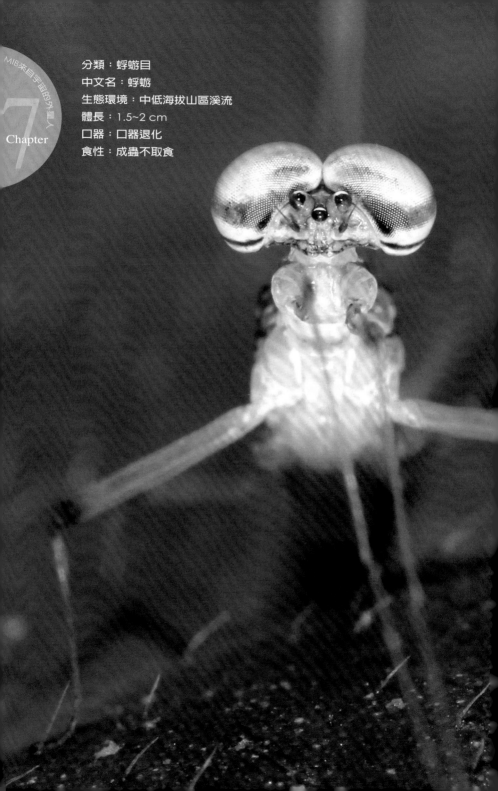

分類：蜉蝣目
中文名：蜉蝣
生態環境：中低海拔山區溪流
體長：1.5~2 cm
口器：口器退化
食性：成蟲不取食

不吃飯的特異份子——

蜉蝣

Baetidae

Alien

詩經中曹風有云：「看蜉蝣而嘆人生，絕非無病呻吟。」，蘇軾於前赤壁賦亦有「寄蜉蝣於天地，渺滄海之一粟。」，古代的騷人墨客常藉著蜉蝣「朝生暮死」的特殊生態來形容人世間的種種。

其實蜉蝣的生命並非只有那短短的一天。蜉蝣的卵在水中孵化後，要經歷多次到十數次的蛻皮，才能羽化為成蟲。這其間可能需要數個月，甚至超過一年以上的時間。通常大家說的朝生暮死，是蜉蝣從亞成蟲蛻皮為成蟲後起算。有的種類可能只有數小時的生命，有的種類可以存活達一週之久，大部份成蟲的壽命都是2至3天。為什麼牠的生命會這麼短暫？其實昆蟲蛻變為成蟲後有兩大目的：第一要找到食物，才能延續生命；第二要找到配偶，才能繁殖後代。但是蜉蝣蛻變為成蟲後就不再進食，因為牠的口器退化無法再進食，所以牠只能消耗在稚蟲時累積的能量，在有限的時間裡找到同類的異性，進而交配達成繁殖後代的任務。

其實仔細看看蜉蝣這類昆蟲的頭部，除了感覺小巧精緻外，大概就是怪異吧！那兩個又圓又大、外形像碗一樣的複眼，上面有著豐富的色彩；三顆猶如水晶般晶瑩剔透的單眼，加上兩支細短的觸鬚，以奇怪的排列方式組合在一起，看起來就讓人覺得是來自於外太空的奇怪生物！尤其在臉上缺少嘴巴的構造，變成這種頭重腳輕的比例，又像是未來人類的雛形，只著重於使用頭腦及眼睛，所以身體其他的部位都退化了…。想到這裡真是越想越可怕，大自然的萬物都有自己活下去的方式吧！我還是繼續乖乖地拍蜉蝣就好了。

蜉蝣實體尺寸 SCALE 1:1

最常遇到蜉蝣的地方就屬濕度高的溪邊，牠們常會停在石頭或是葉面上。最大的特徵就是那又細又長的尾，一般會有三根，但是尾毛非常容易折斷，所以常會看到只剩一根或是光禿禿的尾端。

這隻翅膀透明的是成蟲，牠的翅膀上還有金屬光澤。

這隻蜉蝣可能剛遭受到攻擊，因為拍完照之後才發現牠的腳斷幾支。蜉蝣不但生命短暫，而且還有被獵食的危險。

台灣的蜉蝣種類已知有 66 種，眼睛大又可愛，但分類的資料很少，想要查名字都很難。

蜉蝣的亞成蟲，可以看到翅膀是黃色不透明的（再蛻一次皮才是成蟲，翅膀會變成透明）。

這隻蜉蝣剛蛻完最後一次皮羽化為成蟲，只可惜突然來了一陣風，將牠吹不見了，沒辦法將牠拍得更清晰。

蜉蝣的臉部看起來真的很特別，因為口器已經退化，所以整個臉看起來像是日本卡通中含著酸梅的酸梅超人。

昆蟲界
的大師

我有一位好朋友對紙雕非常熱情，
這十幾年來他用心創作以及推廣紙藝。
還記得他一直很得意的就是他的紙雕作品都是只用「一張紙」即完成，
不需要使用其他紙張加加減減。
一張紙經過他的巧思設計後，可以摺出完整又立體的獨角仙，
或是水中悠游的保育類動物「櫻花鉤吻鮭」。
去年他送我一個台灣黑熊的牆上吊飾，
也是以一張紙摺出來的。
這獨門的紙雕工藝是整整三十年的「工夫」所訓練出來的，
每張由他創作的作品上，任何一個折角、一個凹紋或是一個切口，
都是無數次修改與精密計算才能呈現出創作的神韻。
由於他的努力，讓他成為第41屆十大傑出青年得主，
同時其作品還應邀在數十個國家展覽，
他現在是一位國際知名的「紙藝大師」。

「大師」這樣的稱號得來不易，絕對不是隨口說說那麼簡單。
「大師」這兩個字所代表的是一種認真的精神與嚴謹的態度。

簡單來說，
要得到「大師」的頭銜就一定要有一樣技藝獲得大家的認同，
並且獨樹一格、不易模仿、具有個人特色…等幾個重點。

在昆蟲的世界中，當然也存在許多「大師級」的角色。
舉例來說，「川劇」中最知名的大師級功夫就是「變臉」這項技藝，
昆蟲界中也有「變身」的獨門絕招。
還有「玩泥和土」的陶藝大師，
每天都在努力為生活「創作」美麗的「泥壺」。
還有的昆蟲可以飄逸地在水面上一邊滑水一邊進食，
這獨門招式比「輕功水上漂」厲害得多吧？
當然，每種昆蟲各有自己的獨特生態行為，
當您仔細觀察後會發現，牠們的每一個動作都引人入勝，
而且對我們來說是不可思議的。

本篇中「大師級」的角色等您一起來體驗。

分類：鞘翅目象鼻蟲科

生態環境：蘭嶼全島

體長：1～1.5 cm

口器：咀嚼式口器

食性：植食

小圓斑球背硬象鼻蟲

Pachyrrhynchus tobafolius

堅硬如鋼的鐵甲大師——

這是一個四月天，為了避開北部連日不斷的陰雨，在台灣東南部的蘭嶼島上，我輕鬆地騎著機車往民宿的方向前進。一路上享受著南島微風輕柔地吹拂，眺望著海中央的小蘭嶼，突然想到一則很有趣但卻是穿鑿附會的故事。

傳說中達悟族人在年輕族人成年時，會舉辦成年禮祭典，其中一項考驗就是拿起球背象鼻蟲，以拇指及食指用力按壓，如果可以壓爆球背象鼻蟲（球背象鼻蟲非常硬，所以幾乎沒有天敵），就代表通過成年禮的考驗，表示你已經有力量可以保護家人，扛起家計。所以球背硬象鼻蟲又有一個「幸福蟲」的美名。關於這則故事，我們向蘭嶼當地的耆老及長者請教過，他們除了笑一笑表示從來沒有聽說過之外，就沒有其他的說法，這大概是一些帶團的導遊編出來的有趣故事吧。

想到這裡，我不禁的笑了起來，因為我也曾嘗試過，但是不論如何的施力，甚至用力到額頭的青筋浮現而且汗流滿面，就是無法讓兩指間的硬象鼻蟲有任何的損傷。將牠放開之後，只見牠又是一派可愛的模樣，慢條斯理的走向森林另一端…。就是這則有趣的傳說故事，讓我把「鐵甲武士」這個雄壯的名字給了牠，因為，牠真的像鐵甲一樣硬啊！

小圓斑球背象鼻蟲的體型不大，只有1.2至1.5公分左右。因為前翅已經退化癒合，所以沒有飛行能力，只能步行。但是身上閃爍著藍色光澤的圓斑，讓牠變成最顯眼的移動寶石。牠們在蘭嶼島上四處可見，尤其在牠們的寄主植物上，常可以發現數量頗多的族群在活動。本種於2009年由農委會公告為保育類昆蟲，所以不得任意採集、擁有其活體或產製品。

SCALE 1:1
小圓斑球背硬象鼻蟲
實際尺寸

白點硬象鼻蟲 (*Pachyrrhynchus insularis*) 是台灣硬象鼻蟲當中數量最稀少的一種。

大圓斑硬象鼻蟲 (*Pachyrrhynchus kotoensis*) 小圓斑硬象鼻蟲最大的辨識方法就是背上的圓斑

碎斑（霉斑）硬象鼻蟲 (*Kashotonus multipunctatus*) 只產於綠島，身體形狀與另外幾種硬象鼻蟲不同，所以被歸類到另一屬。

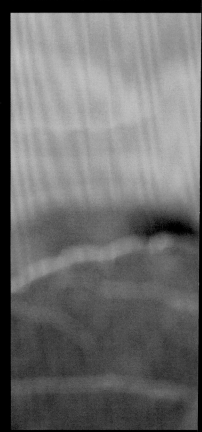

牠們身上的斑紋其實都是由鱗片所組成，所以在野外活動久了，身上的花紋就會被磨掉。

斷紋硬象鼻蟲 (*Pachyrrhynchus yamianus*) 常出現在
主蘭嶼天池的林道上，數量還不算少。

條紋硬象鼻蟲 (*Pachyrrhynchus sonani*) 身上的紋路
與斷紋硬象鼻蟲非常相似。

硬象鼻蟲正在交配中。看到牠們時，朋友打趣說這種蟲的身體又圓又硬，交配時雄蟲抱得很緊，大概是怕滑下來吧。

分類：半翅目黽椿科
中文名：大水黽
生態環境：中低海拔水塘溪流
體長：2~2.5 cm
口器：刺吸式口器
食性：肉食

大水黽

Aquarius elongatus

　　小時候住家山邊水塘的水面上，總是會有一群移動迅速的昆蟲，我與玩伴都說那是「水蜘蛛」。我曾經蹲在水邊仔細觀察牠，覺得牠長得很奇怪，因為牠只有4隻腳在水面上滑行，可是⋯蜘蛛不是8隻腳嗎？

　　當時我與玩伴最喜歡用保麗龍，拿繩索改裝一下後套在手腳上，模仿牠在水面上滑行，最後當然是沉入水中，引得所有人大笑。但是我們都會討論是人的身體太重，還是保麗龍的用量不足，以至於浮力不夠。這算是當時水蜘蛛啓發我們的數理題目。後來才知道這些所謂的「水蜘蛛」，正確名稱叫做水黽，而且居然是椿象那類的昆蟲。

　　最近再注意到水黽，是因為我幫社區規劃水生植物景觀池，在池邊畫著設計圖的時候，發現水面上好像不太平靜，似乎是有隻綠色的小蝗蟲落入水中正在掙扎。這時，旁邊有一堆水黽蠢蠢欲動，我剛彎下身子去觀察，突然間數隻水黽前仆後繼的滑水而至，最快的那一隻在水面上以迅雷不及掩耳的動作前進著，轉眼間已經貼在小蝗蟲的身上，伸出平常縮在身體旁的兩隻腳，看起來像要壓制住這隻蝗蟲，緊接牠的口器就伸出來，直接插入蝗蟲的體內開始進食了。在一旁的水黽也想分一杯羹，不斷在周圍跳動鼓譟著，我就看著這隻水黽一邊吸食，一邊帶著獵物，以花式溜冰般的優美姿勢滑行而去。

　　我曾經仔細觀察過水黽的腳，由顯微鏡可以看到，牠的跗節上密布著眼睛看不到的細毛，可以與水面形成表面張力，加上水黽的體重很輕，藉由這4隻腳的浮力，就可以在水面上縱橫自如。只是想要觀察到水黽，通常必須在乾淨的水域，因為水面如果有油脂，就會破壞水的表面張力，牠就無法自由的在水面活動了。

但是捕捉到跌落水面的昆蟲時，前腳就會伸出以便固定獵物，而牠的「吸管」也會拉出來開始吸食。抓到與自己體型相當的獵物，牠還可以自在地於水面上進食與滑行，這「滑水大師」的稱號當之無愧。

水黽交配也是在水面進行，上面體型較小的是雄蟲，雌蟲可以承載雄蟲的重量在水面上滑行。

Master

觀察時發現水黽的雌蟲很有個性，如果雄蟲遲遲不願結束交配，雌蟲就會以跳躍的方式將雄蟲甩開，這是雌蟲跳離水面的一瞬間。

水黽的刺吸式口器不用時是折放在頭部下方，前也鮮少使用。

一般對椿象的認知就是在躲在枝葉間會放屁的「臭蟲」，
其實水黽也是一種椿象。

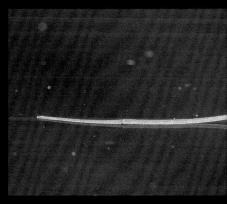

牠的腳上充滿油質的絨毛，是確保牠浮在水面上的秘密
武器。

分類：鱗翅目蛺蝶科
中文名：石牆蝶
生態環境：低海拔山區
體長：2.5~3 cm
口器：曲管式口器
食性：植食

昆蟲界的時尚大師—

石牆蝶

Cyrestis thyodamas

對於石牆蝶總有一種說不出的特殊情感，牠就像是我的老朋友。在我小時候生態啓蒙的山區，只要是靠山邊的小溪溝，經常出現數十隻石牆蝶在地上群聚吸水，當然還有其他的鳳蝶，不過以我當時的能耐，也只能抓到石牆蝶而已。還記得我在那餅乾盒之中的第一隻標本就是牠。當時的分類資料不多，也不懂牠的中文名，只知道那有著地圖花紋的翅膀，所以管牠叫「地圖蝶」。

國、高中的青春歲月，在學校的課業不是很好，常常要品嘗「竹筍炒肉絲」這道名菜。無奈的是每天看到書就想睡覺，撇開上課的苦惱，假日裡同學們常一起到坪林或是外雙溪去聯誼烤肉，石牆蝶也總是很夠意思，每當我應同學的要求在釣魚加菜時，牠們也會在旁邊的沙灘石礫上吸水，陪著我度過無聊的時光。偶爾我也會找個容易觀察的沙灘，將牠們視為瓊漿玉液的「人體廢水」排放在那裡，等牠們聚集後，再慢慢的靠近觀賞，雖然有時會有異味，但我可沒那麼介意。

步入社會後，運氣不錯的我一直在精品界任職，2000年的春天轉換到新東家，這是間港資外商，也是台灣的精品業界龍頭，我負責台灣地區的品牌批發業務。就這麼剛好，公司代理的精品中有個品牌，讓我又想起地圖蝶。每次帶著目錄或樣品到客戶處介紹，或是邀請客戶到公司訂貨，總會想起與石牆蝶的種種回憶。因為這牌子是目前在時尚界還蠻紅的「地圖包」，果然緣份的延伸沒有界限，生態與時尚也可以因為「地圖」而交錯。

Master

石牆蝶有群聚的習慣，只要附近有族群就有機會觀察到一隻接一隻飛下來吸水，朋友曾拍過一小灘積水聚集了數十隻的石牆蝶。

在中低海拔山區常見的石牆蝶，翅膀上的紋路猶如地圖般複雜，所以又稱為「地圖蝶」，仔細觀察每一隻「地圖」還有些許的不同。而牠不是只吸食水中的有機物質而已，也喜歡吸食花蜜。

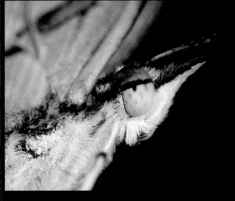

由側面拍攝石牆蝶的頭部，可以發現牠的眼神充滿無奈的感覺，就像知名的卡通人物「加菲貓」一樣。

近拍台灣綠蛺蝶 (Euthalia formosana) 的臉部，牠的表情更逗趣，活脫是一副「裝鬼臉」的模樣。

很多蝴蝶都對動物的排泄物情有獨鍾，石牆蝶也不例外。這幾隻石牆蝶完全不懼怕旁邊拍照的我們，專心吸食由鳥類提供的「免費餐點」。

很多蝶類是「逐臭之夫」，我們覺得不好的味道，對牠們來說是不可多得的香味。像圖中的白裙黃斑蛺蝶就緊

分類：半翅目(同翅目)蠟蟬科
中文名：青黑蠟蟬
生態環境：低海拔雜木林
體長：1.5～2.5 cm
口器：刺吸式口器
食性：植食

青黑蠟蟬

Lycorma olivacae

　　「蠟蟬」顧名思義是指身上有蠟的蟬，但是此蟬非比一般常見的蟬，這是一種色彩美麗卻不會鳴叫的蟬，而且還有著變身魔法的青黑蠟蟬。

　　為什麼會這樣說呢？自從賞蟲好友廖智安大哥在2009年11月帶我去了一個新北市的秘密花園，本來想說這不過是個低海拔的雜木林，經過整理後有羽球場、桌球場，還有兒童可以嬉戲的設施。心想這樣的人工環境，哪會有什麼特別的昆蟲？跟著廖大哥的腳步，來到幾棵約五、六公尺高的樹前面，正當我還在打量這是什麼樹的同時，廖大哥冷不防地大叫一聲說：「找到了！！」循著他的手指方向望去，果然看見橫枝上有著三兩成群的青黑蠟蟬在吸食樹液。我之前就看過青黑蠟蟬，但都是零星的個體，這還是第一次看到整個生態群落。

　　2010年7月又與廖大哥約好要看青黑蠟蟬，我的心中滿是期待即將見到老朋友。只是到了產地後發現，樹上沒有青黑蠟蟬，但是有另一種翅膀為鮮紅色的紅翅蠟蟬。在藍天與綠葉的背景襯托下，這紅翅蠟蟬看起來更是亮眼，讓我不自覺地多按了好幾下快門，也留下了愉快的回憶。

　　當年9月份帶著朋友再次造訪這蠟蟬的棲地。雖然說紅翅蠟蟬還是一樣棲息在樹上，但是總覺得顏色較為暗沉，也許是已羽化有段時間的成蟲吧，我的心裡這樣想。後來又看到像是綠色的個體，但是內翅是藍色的，這時我內心的疑惑通通跑出來了，到底是同一種還是不同種？至於牠為什麼會有這些顏色的變化，我個人認為也許是所謂的婚姻色，也就是當蟲體性成熟可以交配後，所展現出來的顏色。昆蟲體型及花紋色彩的千變萬化，真是讓我們隨時都有驚喜。

牠的複眼下方各有一個黃色物體，那是牠的觸角。

翅膀展開後明顯可見後翅上有一部分是藍色的。

青黑蠟蟬的若蟲體型非常小，棲息在寄主植物的新芽與嫩莖上，想要找到牠必須很用心地觀察。

到了夏末牠們的翅膀顏色開始有了變化，前翅的顏色變得較為深沉，但是隱約可見後翅還是紅色的

Master

低海拔山區的盛夏常有機會觀察到吸食樹液的青黑蠟蟬，但是牠的翅膀顏色多為鮮豔的紅色（朋友都稱為紅翅蠟蟬）。

牠們在遇到驚嚇時常會展開雙翅
做出威嚇動作，藉由翅膀突然展
開嚇跑敵人。

展翅後的顏色為美麗的青藍色，身體上的白色斑點
都是牠所分泌出來的蠟質。

分類：膜翅目胡蜂科
中文名：華麗(黃胸)泥壺蜂
生態環境：低海拔雜木林
體長：2.5~3 cm
口器：咀嚼式口器
食性：植食(幼蟲肉食)

華麗泥壺蜂

Delta pyriforme

　　墾丁是個夠熱、夠美、生態夠豐富的地點。還記得有一次，與台灣全記錄攝影團隊到墾丁取景，找尋台灣特別的自然生態。當大家在餐廳午餐時，我就注意到窗外的庭園草地上非常熱鬧，好多昆蟲在南部強烈的陽光下來來去去。等不及吃完飯，我就拎起相機背包，獨自尋找拍攝目標。這時看到一顆石頭上，有幾個很不自然的泥團，還有一個看起來是濕的。這可就讓我好奇了起來，乾脆就坐在地上，取出相機先拍些紀錄照。突然間聽到嗡嗡作響的振翅聲快速靠近，我透過鏡頭看到一隻華麗泥壺蜂飛了過來，嘴上不知啣著什麼，盤旋了一下，就停到那堆泥團上，喔！原來是啣著泥球回來。看著牠俐落的動作，將泥球慢慢構築到泥團上，這樣的動作重複了好幾次。看著我趴在地上猛拍，連導演與攝影組都一起來觀察這特別的生態行為。

　　這裡這麼乾，牠是用口水和泥嗎？這疑問一直在我的心中。我索性爬了起來，跟著華麗泥壺蜂飛去的方向前進，看著牠快速的飛出庭院，我也快步的跟著。只見牠慢慢降落在滿是水生植物的池塘中，然後低著頭吸水。我看到這一幕，心中的疑問就解開了。原來泥壺蜂媽媽會先吸足水，然後飛到有泥土的地方，和好比例的泥球，再將泥球啣回築巢處，將孕育蜂寶寶的泥巢築好。

　　但是另一個疑問來了，蜂寶寶要吃什麼呢？這時才注意到，攝影組已將器材架好，正在拍攝整個華麗泥壺蜂的生態行為。攝影助理告訴我，這泥團還留著一個洞沒有封起來，是還沒做好嗎？才講完，就見到蜂媽媽又叼著長條形的物體飛回來，仔細一看是一隻蝶蛾類的幼蟲，只見牠將獵物費力地塞入洞口中。看蜂媽媽大概塞了10多條幼蟲進去，最後啣了一個大泥球回來，將巢口封好，才完成整個育雛的行為。蜂寶寶孵化之後，就靠著媽媽準備的幼蟲大餐，慢慢的成長。親眼看著牠一步一步地製作泥壺，迅速且精確的工法，被稱作昆蟲界的陶藝大師，華麗泥壺蜂果然當之無愧。

泥壺蜂媽媽剛蓋好一個新的泥壺後在旁邊休息，可以看到牠前腳縮在胸前的「婀娜多姿」體態。

華麗泥壺蜂媽媽飛到種滿水生植物的水池中吸取水分，原以為牠是要喝水，持續觀察後才知道牠是來「載水」的。

泥壺蜂媽媽將和好的「混凝土」帶到「建築基地」，開始牠「巧奪天工」的建造工程。

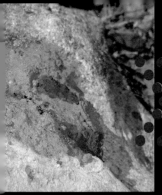

這塊看起來顏色較深的「水泥」，就是泥壺蜂媽媽將開口封起來的地方。

養育幼蟲的「泥壺」建造好之前，泥壺蜂媽媽會先將卵產在「屋頂」，然後開始努力捕捉蝶蛾類的幼蟲放進泥壺中，等幼蟲孵化後就以牠們為食。

飛到充滿泥土的「預拌廠」後，泥壺蜂媽媽會將水吐出來與泥土混合，並使用牠的大顎將「水泥」攪和均勻。

分類：鞘翅目捲葉象鼻蟲科
中文名：黑點捲葉象鼻蟲
生態環境：低海拔山區
體長：0.5~0.8 cm
口器：咀嚼式口器
食性：植食

技巧高超的捲葉大師——

Paroplapoderus pardaloides

黑點捲葉象鼻蟲

剛回到生態的這個區塊，主要是因為喜歡獨角仙與鍬形蟲。牠們除了體型夠大、外觀又充滿魅力外，而且是可以觸摸又好飼養的昆蟲，雖然也有很多昆蟲容易飼養，資料也非常充足，但因為體型太小，實在無法引起我的興趣。所以就算是在野外，發現美麗但是體型小的昆蟲，我根本就不會花時間去仔細觀察牠們，更別說要記錄什麼了。

當時養甲蟲的人還不多，我們都在網路上找尋同好，搜尋昆蟲相關資訊時，偶然看到一篇嘎嘎老師的生態分享文。文中敘述「搖籃蟲」媽媽如何幫自己的蟲寶寶選擇好的場所，並且勞心費力地將一片葉子變成一個可以讓蟲寶寶放心成長的「葉捲」。除了佩服嘎嘎老師花了很多時間去拍照記錄外，這也是我微觀昆蟲的第一印象。

第一次在野外遇到搖籃蟲在「編織搖籃」是7月份的午後，我騎著機車到北投後山找鬼豔鍬形蟲。將機車停好後，我往熟悉的林道走去，心中想著等一下會經過一片竹林，要順便看看有沒有「筍龜」（台灣大象鼻蟲）。無奈還沒走到竹林，就被突如其來的大雨淋得一身濕，只好先到附近的民宅屋簷下避雨。這時發現旁邊的綠葉上，有個正在移動的小紅點。喔，是「搖籃蟲」媽媽在葉子上打洞耶！看著「搖籃蟲」媽媽小小的身體，慢慢地將葉子纖維咬斷，再用力將葉子捲起來，換到葉子的另一面再咬斷纖維，再用力把葉子捲起的重複過程。整個「編織搖籃」的時間就花了40分鐘。「搖籃蟲」媽媽上上下下小心翼翼地將「葉捲」檢查完，才往森林的另一頭飛去。而在一旁觀看許久的我了解到，生態的行為中蘊涵了許多溫馨的故事。這些故事中的主角雖然是極微小的昆蟲，但是也能傳遞出細心偉大的母愛。

SCALE 1:1
黑點捲葉象鼻蟲
實際尺寸

牠正用力將葉子收合，育幼過程充滿母愛的光輝，平均一個葉捲都要半小時以上。

因為葉子的纖維非常堅韌，所以要先將纖維咬斷才能繼續將葉子捲起來。

辛苦的捲葉象鼻蟲一連做了好幾個葉捲，為了後代的成長，辛苦程度不言可喻。

等纖維咬斷後，牠還必須將葉子折過來，然後再以六隻腳的力氣將葉子捲起來固定住。

最後一個步驟用力完成了。葉捲做好後，捲葉象鼻蟲媽媽會再一次細心的檢查，這就是母愛最偉大的表現。

捲葉象鼻蟲媽媽飛走後就等著葉捲中的蟲卵孵化，蟲寶寶將以葉捲為食，並在裡面化蛹羽化成蟲。

昆蟲的天敵非常多，除了被天敵捕食外，真菌類有時也是可怕的殺手。圖為被真菌寄生死亡的捲葉象鼻蟲。

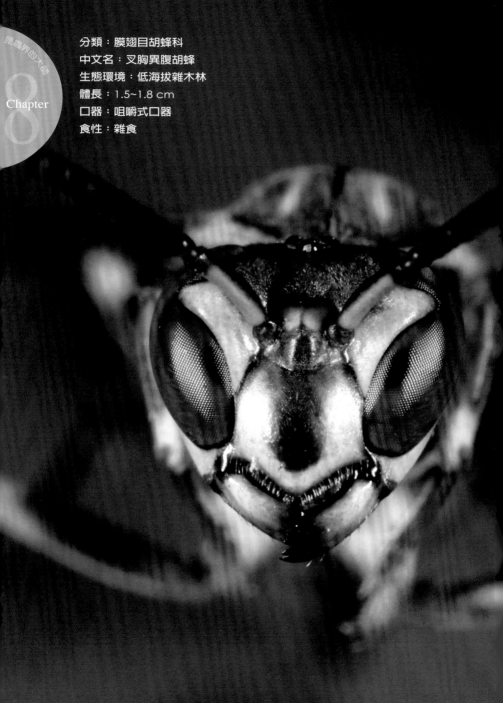

分類：膜翅目胡蜂科
中文名：叉胸異腹胡蜂
生態環境：低海拔雜木林
體長：1.5~1.8 cm
口器：咀嚼式口器
食性：雜食

保護巢穴的緊張大師——

叉胸異腹胡蜂

Parapolybia nodosa

這是一個盛夏晴朗的午後，我與台灣全記錄的攝影組來到坪林山區，這次錄影的主題是擬態大師，我們要找出自然界中最厲害的擬態動物。錄影的過程非常順利，太陽下山前就已經結束，與劇組道別後，我與友人往林道深處走去，想要看看前一周與攝影組來勘景時發現的蜂巢。如果沒記錯，那是一個手掌大的牛舌狀蜂巢，可以直接看到卵、幼蟲及成蜂在照顧餵食。

大概是天氣熱過頭，突然間找不到蜂巢的位置，只好慢慢撥開樹枝，低頭找尋。當我再起身，左手順勢撥開前面的樹葉時，突然間聽到一陣陣嗡、嗡、嗡的低頻聲響。我下意識地跳開，並且蹲低身體仔細搜尋四周，發現那嗡嗡的聲響又不見了。當我認為沒問題時，才站了起來。但是在我站起來的同時，發現那低頻嗡嗡聲又再響起。這到底是怎麼回事？

後來循著嗡嗡聲慢慢地找尋，才看到隱藏在低矮灌木叢後面的蜂巢。這蜂巢就是上周我發現的那個位置，只是蜂巢變成兩倍大，整個長度有30公分以上吧！那嗡嗡作響的聲音就是蜂巢上的胡蜂所發出的。大概是我太接近了，所以牠們就開始警戒，並使用翅膀振動的聲響來威嚇。我好奇的嘗試了幾次，當退後兩步時，牠們就放鬆警戒，繼續努力築巢育幼；但是只要我一靠近，馬上又會張牙舞爪向我們威嚇。與其說牠們在警戒，我倒認為牠們真的很容易緊張，讓觀察的人也跟著很緊張，其實只要與蜂類保持一定的距離與警覺，還是可以好好地進行觀察。

SCALE 1:1
叉胸異腹胡蜂實際尺寸

the face book
of insects in taiwan

219

牠們的警戒性非常強烈，稍微靠近一點就會讓牠們「抓狂」地揮舞前腳。

這時只要退後幾步離開牠們的警戒範圍，蜂群們就會繼續原本的工作（蜂巢越大，警戒範圍就越廣）。

蜂類在晚上也會休息，但是不代表牠沒有攻擊性，所以觀察蜂類時一定要特別小心。

我總覺得拍牠的時候，牠的眼睛惡狠狠地瞪著我，彷彿告訴我不要再越過雷池一步，不然要給我來「一針」！

這類胡蜂的成蟲多以花粉與花蜜為食，偶爾會吃點肉來補充動物性蛋白質（圖為叉胸異腹胡蜂 *Parapolybia nodosa*）。

常常在山區尋幽探訪，朋友都會問我不怕蛇嗎？我都會說我不怕遇到蛇，我只怕遇到蜂！雖然這個蜂巢不大，但是也有上百隻的族群。萬一被牠螫到還是非常的痛。（圖為變側異腹胡蜂 *Parapolybia varia*）

【作者後記與致謝】

1998年的7月盛夏，當時我在港資外商公司任職，由於公司所代理的品牌都是世界頂尖的時尚品牌，所以晚上總有許多精彩的餘興節目。有一晚剛從安和路的夜店出來，與好友祖勳在路邊閒聊，他問我要不要去貓空逛逛？我問他那麼晚了，去貓空喝茶嗎？他說我們來去抓獨角仙吧。獨角仙！？好震撼的三個字啊！把我拉進時光機的座艙中，一瞬間回到那位於六張犁「墳墓山」的記憶時空裡。我看到一個熟悉的小孩，穿著背心及短褲，左手拿鐵桶，右手拿著捕蟲網，在山坡上追逐蝴蝶，水溝中捕撈魚蝦，站在墳墓上抓樹洞中的鍬形蟲。就這樣，與昆蟲早已是平行線的我，在這人生的重要路口意外再度交會。

剛回到內心嚮往的「昆蟲人生」，也是電腦網路開始普及的年代。由網路上的資料找到位於台北的木生昆蟲館，第一次前去拜訪時，余麗霞大姐對於久未接觸昆蟲的我，非常熱情地介紹與分享，讓我的感受相當深刻。從此之後，我每周都會開心地去報到，並且在那裡認識了許多志同道合的「蟲友」。這些「蟲友」們在我日後觀察探訪昆蟲的路上，給我許多的資訊與幫助。其中尤其感謝大樹的『台灣昆蟲記』 (天下文化出版)的作者廖智安大哥。他除了在各方面的提攜之外，並且基於他昆蟲本科系的專業，給我分類上的相關建議，還不辭辛勞地與我一起「東奔西跑」，只為了留下昆蟲美麗的身影。

台灣的天牛權威周文一教授，在野外探詢昆蟲時，仍不忘將各種昆蟲資訊傳遞給我，並幫忙鞘翅目昆蟲的鑑定。摯友黃世富先生忙於竹節蟲的分類研究，還特別幫忙鑑定直翅類群與螳螂目昆蟲；目前任職農試所花卉研究中心的汪澤宏博士撥空協助鑑定蜻蛉目與水生昆蟲；任職於陽明山國家公園保育課的陳振祥先生熱心幫忙鑑定蟬的種類；蔡經甫博士幫忙鑑定半翅目昆蟲；任職特有生物中心的施禮正先生幫忙鑑定蛾類並且協助連絡楊儉文先生鑑定大蚊的種類；何坤達先生幫忙鑑定螞蟻的種類；鐘玉華小姐在拍攝生態照時的各種協助，還有任職行政院新聞局的林風佑先生，在百忙之中撥空幫忙校稿並協助聯絡陳克敏先生幫忙鑑定黃金龜種類；國際紙雕大師洪新富大哥時時叮嚀要我努力求進步；惠蓀林場場長邱清安教授及副場長吳佾鴻先生在拍攝期間給予的諸多協助；中央研究院研究員邱志郁博士的熱心協助及為了找尋各種昆蟲曾經一起餐風露宿、睡車上、曬到臉脫皮的好友們：吳政龍、吳家禎、李宜龍、林琨芳、柯心平、施信鋒、張世豪、張書豪、張峻彥、張開運、黃一峰、黃福盛、劉正凱、賴明勳、蔡緯毅、蘇哲民(依姓氏筆畫順序排列)及昆蟲論壇、安妮的昆蟲論壇等網站的各位蟲友鼎力協助；生命中最重要的貴人劉旺財與廖碧玉夫婦在精神與各方面的支持；還有母親曾秋玉女士及內人學儀對我的包容，

細心照顧不良於行的祖母，讓我可以在野地探訪時，高枕無憂的與生態對話，並留下大自然美麗的樣貌。當然，親愛的兒子于哲無論是驚擾到我正在找尋的昆蟲，還是正在拍照的緊要關頭卻非要纏著我陪他玩耍…，但只要看到他那純真的笑容，就讓我想起自己的童年時光，讓我在疲憊之餘，感受到繼續往前衝的那股動力，謝謝您們！

最後，如果有朋友想要與我一起討論拍攝的方法或昆蟲的生態，還是對於本書有任何指教，歡迎您與我聯絡，我的信箱是shijak0526@yahoo.com.tw，或者也可以在網路上搜尋「昆蟲的臉書」，即可找到專有的網頁與討論。

【參考書目與網站】

《書籍》

中國動物志 昆蟲綱 第二十八卷同翅目與角蟬總科 袁鋒・周堯合著

台灣天牛圖鑑 周文一著 貓頭鷹出版

台灣昆蟲記 潘建宏・廖智安合著 天下文化出版

台灣的竹節蟲 黃世富著 大樹文化出版

台灣的蜻蛉 汪良仲著 人人出版

台灣賞蟬圖鑑 陳振祥著 天下文化出版

台灣瓢蟲彩色圖鑑 虞國躍・王效岳合著

昆蟲圖鑑一、二 張永仁著 遠流出版

認識台灣的昆蟲16 (胡蜂科.蜾蠃科) 山根正氣・王效岳合著 淑馨出版

糞金龜的世界 陳克敏著 貓頭鷹出版

《網站》

台灣物種名錄 http://taibnet.sinica.edu.tw/

安妮的昆蟲論壇http://www.insectweb.org/forum/index.php

昆蟲論壇 http://insectforum.no-ip.org/gods/cgi-bin/leobbs.cgi

嘎嘎昆蟲網 http://gaga.biodiv.tw/

the face book of insects in taiwan 昆蟲臉書

◎出版者／天下遠見出版股份有限公司

◎創辦人／高希均、王力行

◎遠見・天下文化・事業群 董事長／高希均

◎事業群發行人／CEO／王力行

◎版權部經理／張紫蘭

◎法律顧問／理律法律事務所陳長文律師

◎著作權顧問／魏啓翔律師

◎社址／台北市104松江路93巷1號2樓

◎讀者服務專線／（02）2662-0012 傳眞／（02）2662-0007；2662-0009

◎電子信箱／cwpc@cwgv.com.tw

◎直接郵撥帳號／1326703-6號 天下遠見出版股份有限公司

◎作　　者／黃仕傑

◎攝　　影／黃仕傑

◎編輯製作／大樹文化事業股份有限公司

◎網　　址／http://www.bigtrees.com.tw

◎總 編 輯／張蕙芬

◎美術設計／黃一峰

◎製 版 廠／佑發彩色印刷有限公司

◎印 刷 廠／立龍彩色印刷股份有限公司

◎裝訂廠／源太裝訂股份有限公司

◎登 記 證／局版台業字第2517號

◎總 經 銷／大和書報圖書股份有限公司 ◎電話／（02）8990-2588

◎出版日期／2012年1月31日 第一版第1次印行

◎ISBN：978-986-216-886-8

◎書號：BT4011 ◎定價／550 元

國家圖書館出版品預行編目(CIP)資料

昆蟲臉書／黃仕傑著.攝影.－ 第一版.－ 臺北市：天下
遠見, 2012.02 面；　公分

ISBN 978-986-216-886-8（精裝）

1.昆蟲　　2.通俗作品

387.7　　　　101000358

BOOKZONE 天下文化書坊　http://www.bookzone.com.tw

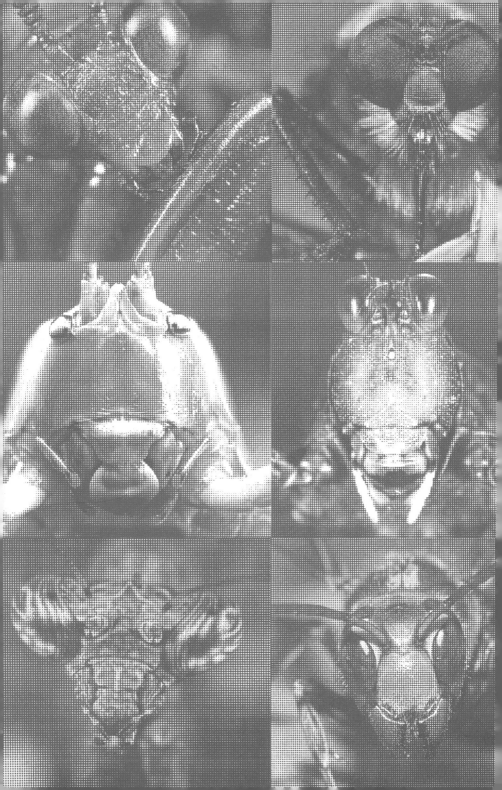